UN251739

# Emergency Hospital

# 救急病院

石原慎太郎

幻冬舎

# 救急病院

装幀　三村　淳
写真　artparadigm/amanaimages

目次

# 救急病院

その日、大野美奈子は久し振りに定時に仕事から解放され、溜池の東都銀行の赤坂支店の通用口を出て地下鉄の赤坂駅に向かって急いだ。その日はどうやら仕事が定時には終わりそうなのを見越して昼休みに恋人の安岡信男と連絡して、夕方新宿で久し振りに落ち合いデイトし夕食を一緒に取るつもりだった。場所は前のデイトの折に彼が結婚を申し入れ、彼女も弾む思いで頷いた伊勢丹からツーブロックほど離れた裏通りの小体なイタリアンのレストランだった。

その店の奥の鉢植えの植木の陰の周りから目の届きにくいテーブルで彼は正面から

手を伸べ、並べられた皿を押し退け彼女の手を捕えて結婚を申し込んだのだった。

　半年前の連休の折に箱根にドライブに出かけ箱根ターンパイクの横道に突然止めた車の中で彼に抱き締められ、その場で体を許してしまっていた。彼との最初の出会いは彼女の親しい友達の思いがけずに早い結婚式で新郎の友人代表として彼が挨拶し、それが他の来賓たちの常套文句な挨拶に比べ大層ウィッティーで拍手喝采だったのがとても印象的だった。その後の同窓の若い仲間だけの二次会で改めて知り合って名乗り合い、問われて彼女が勤め先の銀行の名を教えたら、どう努めてか彼女の勤め先の支店を突き止め彼が突然電話してきたものだった。

　しかし彼からの突然の電話に決して悪い気はせずに、近くまで仕事の用事で来たという彼から仕事の後にお茶に誘われ拒むいわれもなく何となく弾む思いで再会したものだった。改めて眺めると大学時バスケットボールの選手だったという相手は長身でタフで、とても好ましい印象だった。

彼の職業は大手の家電メーカーの営業マンで父親はある証券会社の幹部だそうな。彼は彼女への結婚申し込みについてすでに両親に報告してしまっていて、前回のデイトの折に両親の住む鵠沼《くげぬま》の家に来週の日曜日に是非ともに彼女を招いて紹介したいとのことだった。突然のそんな申し出に彼女は驚きためらったが、そんな早急で一方的な彼のやり口に彼の真意が感じられ嬉しくもあった。

そして次の休日に彼女はＪＲの藤沢駅で待ち合わせ江ノ電に乗り換え鵠沼の彼の実家を訪れ、未来の夫の両親にお目見えしたのだ。松林の中に建てられた瀟洒《しょうしゃ》なバンガロー風の邸宅で初めて紹介された彼の両親は何故か最初はひどく緊張した面持ちで彼女を迎えはしたが、彼女の確かな学歴を確かめ、その後彼女が選んで勤めた銀行という手堅い職場での彼女の仕事についての印象をいろいろ質し、彼女がそれにてきぱき答える様に父親の方が感心して相槌を打ち出して最後には半ば真顔の冗談で、「どうかね、貴女、仕事を変えてうちの会社で働くつもりにはなってくれないかね」と言い出すほどだった。

その後、家を出て片瀬の海岸を散歩し水族館を眺めた後、海岸縁《べり》のレストランで食事した時、彼はいつかのようにテーブル越しに手を伸べ彼女の手を握り締めると、

「よしっ、これできまったよな。後はそっちの方だぜ」

高ぶった声で宣言するみたいに言い切った。

「しかし僕は君のお父さんに口説かれても今の仕事を変える気はないからね」

握った手をゆすぶりながら笑って見せた。

それは彼女にとって生まれて初めて味わう想像のつかぬ期待に満ちた至福の瞬間だった。

その後、彼女を駅まで送るといって乗せた車を海岸線にそって飛ばし大磯に近い辺りのモーテルに止めると驚いて躊躇《ちゅうちょ》する彼女の手を乱暴なほどの仕草で引き立て、中の一室に有無をいわさずに押し込むと立ったまま強く抱き締め、そのまま抱き上げベッドに運んで横たえ、躍りかかるようにして彼女を開いてきた。

初めの時とは全く違って彼女はそんな相手をどうこだわることもなしに受け止めて

許した。されながら自分の人生が実は知らずに願っていたようにいよいよ開けて満たされていくのだという激しい高ぶりの内での不思議な安息があった。

その夜、帰宅しての家族との夕飯の折に思い切って両親に彼との関わりの今までの経緯について打ち明けたものだが、相手の人となりや家庭の素姓を聞かされた親としては娘の突然の報告に驚き戸惑いながらも、娘の年齢も思い合わせて反対の理由もなく、ならば彼女が相手の実家を訪れたようにこの後すぐにも同じように彼を一度彼女の実家に招いて引き合わせるように促したものだった。

今夜のデイトはそのための打ち合わせで、彼女は定時に終わった職場を逃れるように出て小走りで近くの地下鉄の駅に向かった。赤坂の地下鉄の駅は折からの引け時で混雑しきっていた。超満員の電車に乗り損なった乗客たちが狭いホームにひしめいている中を彼女は次の電車を逃すまいと懸命に人を掻きわけ、ホームの最前線にたどり着いた。

すぐに次の電車が駅の構内に入ってきた。その気配に客たちはこれを逃すまいと蠢《うごめ》き、人の波の圧力が彼らを前に向かって押し出した。そして彼女の背後にいた何か大きな荷物を抱えていた客が背後からのその圧力に耐えかねてよろめいて彼女を前に向かって押し出し、ホームのぎりぎりの端に立っていた彼女は呆気なくホームから転落した。両手をホームにかけて這い上がろうとした彼女を間近にいた男たちが右の手を捉えて引きずり上げた。

しかし瞬間間に合わず斜めに引き上げられかけた彼女の残る左足をホームと車体に挟んで車両は通過し、かろうじて引き上げられた彼女の姿を見て乗客たちは息を呑んだ。血だらけになった彼女の左足は完全に潰れて膝から上は真横に折れてひん曲がり足の体をなしてはいなかった。

駆け付けた駅員がその場から119番に連絡し救急を頼んだ。

間近な赤坂消防署から駆け付けた第三救急隊員の班長の竹中はホームに横たえられた患者を見下ろして息を呑んだ。救急の患者を見慣れてきた彼の経験からしてもそれはいかにも無残な体たらくだった。まして怪我人はまだうら若い綺麗な顔立ちの娘だ。しかもその血だらけの足は膝の上で真横に折れ曲がっていた。

その体を抱え上げ担架に乗せる時、その足は何かのはずみに右足と全く違った部分のように力無く担架の外にだらりとはみ出してぶらさがったままだった。

それでも彼女は真っ青な顔でしきりに、「痛いっ、痛いわっ」と声をもらして呻《うめ》きつづけていた。

最寄りの中央救急病院に運びこみ、いわれるまま救急治療室に運びこんだ後、現れて患者を見下ろした救急部長の梶山に、

「先生、この足はもうこれですか」

手真似で切断をして見せ囁《ささや》いた竹中に、

「余計なことをいうな」

険しい声で梶山が睨み返した。

彼女の所持品から勤め先がわかり、そこから彼女の自宅に報せが届き、間もなく両親が飛んでくるとのことだった。

怪我人の容体は深刻なもので、ショックと出血のせいで血圧は上が八十にまで低下していい、脈拍は落ちて僅かに三十。すぐに多量の輸血が行われはしたが、電車に挟まれて折れ曲がった患部を眺めて梶山たちは眉をひそめた。

彼女を運びこんだ男が囁いたように電車とホームが挟みこんだ重圧のせいで左腿の骨は完全に断ち切られ、周りの筋肉で支えられ繋がってようやく一本の足の体をなしている現況だ。

しばらくして駆け付けた彼女の父親の大野幸三は手術台に横たえられた娘の姿を見て息を呑んだ。さらに医師が下半身を覆っていた白布を剝いで、彼女のはいていたスラックスを切り裂いて晒した患部を見せた時、父親はのけぞりよろめいて思わず顔をそむけた。

「こ、これは一体どうなるのでしょうか、この子の足は助かるんでしょうか」

喘いで梶山の腕にすがった相手に、

「お父さん、落ち着いてください。手術はこれからです。問題は神経なんですよ。折れて離れた骨はなんとか繋がりますし、神経さえ生きて繋がれば足は助かり動きます。神経が駄目なら……」

「駄目なら」

「膝の上で切断しなくてはならぬかも知れません」

「切断ですか！」

呻いて俯《うつむ》く相手に、

「まあ出来るだけのことはしますが、神経だけは開けて確かめてみないとわかりませんからね」

いった梶山の前で突然跪《ひざまず》くと彼の手を捉え、

「先生、なんとか、なんとかお願いいたします。この子の足をなんとか助けてやってください。この子は、この子は間もなく結婚するはずだったのです。それですからなんとか、なんとかお願いいたします」

涙声で呻いていう相手の肩を抱いて引き上げながら、

「わかりましたよ。出来る限りの手は尽くしますから」

相手の肩を押して送り出した後、梶山は患者を見下ろしながら腕を組んで思わず嘆息した。そんな彼を見直しながら彼を囲んだ医師たちも固唾を呑んでいた。

彼らにも梶山の胸中は痛いようにわかっていた。つい一昨日、彼らはこの部屋で轢《ひ》き逃げにあった十歳の子供の命を失っていた。何だろうと救急の患者の命を失うというのは医者の沽券に関わる思いだった。日本一といわれる、いや世界一とも自負するこの救急病院で、長患いの患者ならともかく、救急に担ぎ込まれた患者の命を救いきれないということを、看護師も含めて、院長も誰しもが許せぬことに思えた。

昨年この病院を見学に来たイギリスとフランスの救急病院の幹部たちは舌を巻き絶賛して帰ったものだった。その理由はいくつもあったが、何といっても備えられたC

TとMRIの数とそれらがそれぞれに同じ階の間近に設置されていることだった。外国の、とくにアメリカ辺りの大病院ではそれらの装置が所によっては広い構内の違う棟の中に置かれていて検診に余計な時間を食ってしまう。

「モナコの王妃のグレース・ケリーが交通事故のショックの脳内出血でやがて死亡するなんてことはこの国では考えられませんな」

と院長が自負豪語したのにはそれなりの確固とした理由があった。この病院の医師を含めてのスタッフたちに共通してある自負からすると、救急の患者の命を失うということは自らも許せぬことだった。

中央救急病院は中央財団が助成する東京都の中央部千代田区の溜池に在る南棟北棟二棟からなる病床千五百床の総合病院で、高木が院長に就任して以来、南棟屋上にはヘリポートを備え北棟の屋上の倉庫には小型のドクターヘリまで保有する、都下のはるか南の小笠原諸島から神奈川、千葉、埼玉まで首都圏一円をカバーする首都圏随一の救急総合病院として存在している。その意味では日本随一の救急病院ともいえたろう。

その自負がたった今運びこまれた若い女性の患者の無惨な怪我を目にして彼らをたじろがせていた。

「これは厄介だなあ」

呻いてもらす梶山を全員が同じ思いで見守っていた。彼等の緊張をあおったのは若い患者の可憐な美しさと、たった今聞いた父親の、彼女が間もなく結婚するという言葉でもあった。

「とにかく、開いて神経を確かめろ」

すくんでいるスタッフを叱るように梶山がいった。

いわれて脳外科の折に使う特殊なスコープを目にした若い外科医の小田が頷いてメスを構えた。

全員が見守る中、彼のメスが彼女の太腿を切り開いて肉を広げて掻き分け、まず太腿に走る神経を探り続けた。

する内、

「ありました」

小田が顔を上げて告げた。

「で、どうだ」

「鞘は破けていません」

「そうか、ならばなんとかなるかな」

神経なるものはどれも皆それぞれ鞘に包まれて収まっている。その鞘が破れてはじけると神経層は破壊され身体の機能は伝達されない。

「そうか、まずは良かったな」

梶山が呻いてもらした言葉で全員が肩の力を抜いた。


手術はそれから早速フル稼働で行われた。かろうじて繋がっていた神経を可動させるための作業は脳外科担当の誰よりも器用な腕を持つ金井が脳の手術の時に使う特殊な拡大眼鏡をかけて息を殺しながら懸命に務めた。そして手術開始から九時間かけて夜が明けるまで続けられた手術は完了し、彼女の足はなんとか繋がり救われた。

患者はそのまま集中治療室に移され、痛み止めと睡眠剤を投与されて寝かされた。

手術の終了を報され飛んで来た父親に、

「なんとか足は繋げました。ただし足の長さは左右僅かに違うことになるかも知れませんが、それで足を引きずることにはならぬと思います」

告げた院長に向かって父親は両手を合わせ、そのまま土下座して座り込んだ。

昼前に院長室に呼んだ梶山に、

「ご苦労だったな。まあ野球でいえばライト前のクリーンヒットというところかね。これであの子の結婚式には一同代表ということで君が招待されてしかるべきということだな」

高木は笑ってみせた。

その翌々日、高木院長に紹介状を手にした来訪者があった。年配の婦人がまだ十代と見られる若い息子を伴って現れた。

紹介者は高木の知己の、あるクリニックの主宰者の医師だった。手紙には患者の容体からすると脳の何らかの疾患と思われるので綿密な検査を願いたいとあった。

見込まれた高木自身は脳外科のいわば草分けの一人で今日六、七千人におよぶ脳外科医のライセンスの千番台の一人でもあった。

患者に連れ添った母親の言葉だと最近息子の様子がおかしく、時折目まいがして慣れた家の中でも物につまずいて転んだりするという。何故か左後方の物が見にくく、振り返りざまに物に足をつっかえて転んだりすると。

いわれてすぐにＣＴとＭＲＩでの検査を行ったが、出てきた映像を眺めて高木は眉をひそめた。

右の後頭下部に明らかに腫瘍が見られた。

二人の前で院長室のコンピューターの画面に画像を写しだし、

「これは頭に腫瘍が出来ています」

告げられ二人は驚きのけぞった。

「いえ、そういわれてもあまり驚かないでください。頭の腫瘍といってもいろいろありましてね。その種類、その場所によっては厄介なことがありますが、息子さんの場合は見た目では多分頭の外側、頭の外側に近い髄膜に出来た腫れ物です。それが視覚神経を阻害して視野に狭窄を起こし、つまずいたり転んだりの事故が起きるのでしょうね。場所が場所だけに脳の内部の視神経に触って視覚障害を起こしてしまったのですな。つまりテレビのブラウン管が少し壊れてしまったということでしょうか。人間というのは普段物を見る時、主に正面の視覚を頼りに眺めているものですから、後ろの視覚は余り気にならないものですからね。でも早く気付かれて良かったと思います」

「ならばどうしたら良いのでしょうか」

すがるように尋ねた母親に、

「すぐにでも手術されたらいい」

「頭の手術ですか」

「なに、手術といってもそんなに大袈裟なものではありません。頭を大きく割って開けるようなことではなしに、頭といってもごく外側の問題ですからね。どうぞあまり心配されずにいてください。今までも沢山あった症例ですからね」

いわれて手術の日取りを決めた上で二人は一応、安心得心した顔でひきとっていった。


はたして手術の当日やってきた患者の父親が名乗って差し出した名刺を見て高木は驚いた。名刺には埼玉県の地裁判事・大石徳次郎とあった。

大石判事とはかつて埼玉の県立病院で起こった末期患者に関する尊厳死の問題で病

院側に無罪を言い渡して物議をかもした当人だった。この問題は後を引き、未だに最高裁での結論が出ぬまま医学界でも懸案の事項の一つになっていた。

その当人の息子とあって病院側としては身構えぬ訳にはいかなかった。

名乗った後、大石判事は院長と折り入って話し合いたいと申し出た。書類の山積した手狭な院長室で粗末なソファに座ると大石は臆しながらもためらいがちに思い切ったように切り出した。

「こんな事を担った子供を抱えた親とすれば誰しも同じ思いでしょうが、私にとってあの息子はとりわけ深い思いがあるのです。親の自惚《うぬぼ》れではありましょうが、あれは実に優れたところのある子供でしてね。現在は千葉県の工業高校に在学しておりますが、将来は電子工学の専門家になるつもりでおります。成績は抜群でして工業高校間でのロボットの競争にも続けてチームを優勝させてその発想を高く評価され、今からもう国の研究機関からも嘱望されていまして、若年ながらすでに国家の研究チームにも組み込まれ、東大の研究室のスタッフにも予定されているのです。親の口から申すのは口はばったいが、まさにお国のためにあの子を失う訳にはいかぬという思いでおります」

「なるほど」

「私は門外漢ですが、先般宇宙での観測衛星を乗せて打ち上げられたロケットには世界に例がなくブースターなるものが四基取り付けられていたそうですが、その遠隔操作の緻密な技術も息子が発案したとかで国の機関も若年の彼の発案にいろいろ期待してくれているようで、親馬鹿の私としても彼に今後もなんとかお国の役に立ってもらいたいと願っておりました。それが……」

絶句して俯く相手に、

「いや先日も奥様に申し上げたことですが、息子さんの容体は今限りそんなに悲観されるものではありません。私たちも今まで幾つか手掛けたことのある症例で、脳の腫瘍といってもいわば良性の部類ですから我々にとってもそう心配しているものではありません。ただ……」

「ただ、何でしょうか」

「いえ、御子息は少し珍しいケースでしてね」

「珍しいとは」

「髄膜腫というのはよくある病ですが、息子さんのように若い方にはあまり出来ないものでしてね。大方は成年をすぎた者に出来るのが統計の上での記録ですが、お子さんの身の上に幼い頃何かの事故での衝撃を受けたというような経験がおありなのでしょうかね」

「いえ、それは思い当たりませんが」

「なるほど、ならばともかく当面の措置を講じましょう。なに、そう御心配はいりません。場所が場所ですから盲腸の手術というような訳にはいきませんがね」

「何か他の薬とか放射線とかで無くすという訳にはいかないのでしょうか」

「いやそれは無理です。相手は腫瘍、つまり良性の出来物ですが取り除かぬ限り邪魔になります。現に息子さんは慣れた家の中でも転ぶことがあるという。それがもし家の外、街頭とか混雑している駅の構内などでしたら極めて危険なことになるでしょうな。それこそ元も子もなくなります。それは避けなくてはならんでしょう。まだ若いのだし研究室に座りっぱなしという訳にはいかんでしょうに」

「わかりました。息子の命はとにかく先生にお預けいたします」

諦めたように言い切ると相手は立ち上がり、深々一礼して部屋を出て行った。


大石晴哉の手術は予定の日に行われた。執刀したのは外科手術一般でも腕利きの脳外科部長の吉井信哉だった。高木院長の予測通り手術は難なく行われ、患者の脳内部の腫瘍は取り除かれた。

術後やってきた大石判事に、

「これで国家のための貴重な人材は確保出来たと思いますよ。前に申し上げたと思いますが、御子息の視野の狭窄は腫瘍の圧迫で視覚に障害をきたすのが原因でした。多少の不便はありましょうが、これで日頃注意して行動されれば大丈夫でしょう。少なくとも御子息の素晴らしい頭脳の働きにはなんらの障害はないと思います。どうか自信を持ってこれからも素晴らしいお仕事をしていただきたいものです」

院長は言い渡した。

大石晴哉は十日後、頭に包帯を巻いたまま退院していった。頭皮の傷跡は一月もすれば伸びた頭髪によって隠され、傍目には気づかれることはない筈だった。


彼が退院して数日して奇妙な救急患者が運ばれてきた。

男は下腹部に激痛を生じ自分で119番に電話し助けを求めて運びこまれてきた。

担当した内科の当直医が救急部長の梶山に呆れた顔で声を潜め報告してきた。

「部長、あれはどういうことなんでしょうかね」

「何だね」

「CTにかけたらね、直腸にでかい瓶が入っているんですよ。あれは形からしてコカ・コーラか何かの瓶ですな。なんであんなものを」

「馬鹿、それは変態だよ」

「変態って」

「どうせオカマか何かの手合いだろうよ。大分前にもあったそうだ。フロイドにいわせれば人間の一番原始的なリビドオは肛門愛だそうだから。子供にはよくあるよな、面白半分指から始めて余計なものを入れてしまって親が困って連れてくることが。小児科では多々あるそうだが大人となると変態、つまりそっちの商売をしているような手合いが気分が高じてそんなざまになるのかね」

「で、一体どうしたらいいのですかね」

「内視鏡でも入れて中でひっくり返し、細い口の方から引き出すしかないだろうな」

「それで」

「入った物なら出ては来るだろうさ。世の中さまざまとはいうが人騒がせな馬鹿な話だよ」

その翌々日、極めて厄介な患者が運びこまれて来た。紹介してきた医師は初めはただの風邪だと思っていたらしいが、実態はそんなことですみはしなかった。世田谷区の成城で開業している小野田医師はかかりつけ医となっているその患者を最初普通の風邪と判断して風邪薬を処方して帰していた。

その日、中塚京子は授業の後、ゴルフ部員の仲間と監督にいわれるまま近くの河川敷の練習場でノルマの十箱を打ち終えた。

飛距離を稼ぐためにいわれていたドロウ気味のティショットをなんとかこなせるようになった実感があった。これでいくと父親の進造の会社が経営している千葉のゴルフコースのインコースの難関十六番、六百二十ヤードのロングホールもスリーオン出来そうな気もしてきた。それにクラブの中では苦手な気味のあったピッチングウエッジでの寄せを兄にいわれて八番を使ってのアプローチに切り換えてから自信がつき、この分でいけば昨年五位に終わったジュニア選手権で優勝の可能性も出てきそうな気がする。

辣腕《らつわん》の父親が事業の手を広げゴルフコースまで持つようになったお陰で、元々ゴルフの達者だった父だけではなしに兄も母親までがゴルフマニアになって、親戚を含めての一族の中で中学生の頃から力量を発揮してきた京子は学校での成績も抜群の上に男の生徒たちの中でも人気の容姿からして注目の存在だった。

その日の夜、家族揃っての晩餐の後、午後の練習の疲れを感じていつも眺めるテレビの人気番組を見ることなしに床についた。翌朝体が妙にだるく少し熱っぽい気がしたので登校し下校した後、庭での素振りの練習もやめてベッドに入った。

翌日いつものように七時前に目覚ましで目をさましたが、軽く目まいがし熱っぽい感じがしたので母親に告げ、家に備えてある体温計で体温を計ったら七度五分あった。

それでも午前に好きな小説についての英語の大事な授業があり、それを逃したくなくて登校していった。昼食には好きなカレーライスが出て残すことなくそれを食べたが、午後の苦手な数学の授業の最中に悪寒が出て身震いがしてきた。保健室にいって体温を計ったら八度を超していた。養護教諭の看護師はアスピリンをくれ、無理せずに担任の教師に相談して午後の授業は欠席し帰宅したらと勧めてくれた。担任の教師も保健室に連絡して確かめ早引けを許してくれ、午後の自前の練習はあきらめて真っ直ぐに帰宅し、その夜は風呂には入らずにベッドで横になった。

夜中にまた寒気がして母親にいって体温計を借りて熱を計ったら八度五分あった。寒気のまま眠り続け翌朝計った体温は八度七分もあった。それを聞いた母親は彼女を車に乗せ、近くのかかりつけの内科の小野田クリニックに運び診察を受けさせたが、医師の診察では明らかに風邪を引いており風邪薬を処方してくれ、様子からして今日明日の登校は控えて安静にして過ごせということだった。

発熱してから五日が過ぎたが京子の熱は下がらずに、体のためと思って母親が勧めるまま無理して食べた夕飯を彼女は夜中に吐いてしまった。その後熱のせいだろう、ひどく体がだるくなって熱の下がらぬまま息苦しくなった。

幼い頃からむしろ兄を凌いで元気に過ごしてきた彼女にとっては初めての体験だった。

彼女の様子を確かめにきた母親に思わず、

「ねえママ、私大丈夫なのかしら」

訴えた彼女に、

「何をいってるのよ。質《たち》の悪い風邪だと先生もいっていたわよ」

「でもママ、なんとなく胸が苦しいのよ」

「大丈夫、熱のせいよ。お医者様も後少しといってらしたわ。もう後少しの辛抱よ。それより元気をつけるために、好きなものを沢山お食べなさいな。とにかく元気になることよ」

言い残しはしたが、彼女もいつにない娘の様子に不安を覚え、夫の会社に電話してみた。

「まさか肺炎を起こしかけているんじゃないだろうな。そのことをもう一度医者に確かめさせろ」

強くいわれて母親はその後彼女を毛布に包んで主治医のクリニックに運び、肺炎の可能性について質された医者は首を傾げ、

「いや、聴診の限りそれはないと思います。念のため胸の写真を撮ってみましょう」

頷きはしたが、撮影の後写真をかざして確かめた医者の顔が歪むのを見て母親はにわかに不安になった。

「何かあるんですか、先生」

質した彼女をゆっくり見返すと、

「妙ですな。これは一度施設の整った大きな病院で確かめさせましょう」

怯えた顔でいう相手に、

「一体何があるんですか」

「私は肺炎を気にしていたのですが、レントゲンの写真ではその所見は全く見られません。しかしその代わりに……」

言いよどむ相手に、

「その代わり何なんでしょうか」

「その代わり、肺が少し膨らんでいるのですよ」

「膨らむ」

「ええ、肺が水腫を起こしかけているように見えますな」

「水腫とは」

「肺がむくんで、腫れているんですよ」

「何故そんなことに」

「理由はわかりません。しかしこのまま放置すると呼吸に困難をきたし大変なことになりかねないと思います。ですから是非しかるべき施設の整った病院にとお勧めいたします。私から早速紹介させていただきますから、すぐにでも是非」

緊張をかくせぬ様子の相手の気配に彼女は身動《みじろ》ぎして頷いた。

「なんなら私から今すぐに救急車の手配をしますが」

「そんなにあの子は危ないのでしょうか」

すがる思いで質した彼女に相手はこわばった表情で大きく頷き返した。

「いいですか奥さん、このまま肺の水腫が進めばお子さんは心肺停止の恐れがあるのです」

「心肺停止」

「そうです、命に関わりかねません。ですから是非ともすぐに」

いって相手は立ち上がり看護師を呼んで、その場で救急車の手配を指図してくれた。

十分後に到着した車に京子は寝かされ、同伴した医師ごと中央救急病院に運ばれた。

迎え入れた病院側は医師の説明のまま彼女の肺の撮影とエコーによる心臓の検査を行い、即座に彼女を集中治療室に収容した。

母親の昭子から連絡を受けて駆け付けた父親を交えた夫妻に向かって小野田医師立ち会いの中で院長の高木からの説明があった。

患者は小野田の見立ての通り感冒の進展悪化によって肺に水腫をきたしていて、このまま放置すると心肺の活動が停止し死に至る可能性が優にあるという。

「まず人工呼吸器とカテコラミンという血圧を上げる薬物を使って血の流れを強くして容体を維持したいと思いますが、その結果次第ではある思い切った措置を講じなくてはならないかも知れません」

「思い切った措置というのは一体何なんですか」

質した進造に、

「それはＰＣＰＳという機械、つまり人工の心肺で血流と脈拍を助ける手段ですが、ただし……」

言いかけて言いよどむ院長に、

「ただし、何なんですか」

咎めるように促した進造に、

「これにはある副作用があり得ましてね。それをあらかじめ御両親に心得ておいていただかなくては。とにかくこれは応急の処置なんです。今何より大切なのはお嬢さんの命でしょうからね」

「副作用というのはどういうことです」

「それは薬物投与の結果次第で御説明することにしましょう」

かわすように院長はいった。

翌日病院からの連絡で出向いた両親が案内された部屋には何やら機械が据えられていい、京子は両足の太腿上部の血管にチューブに繋げられた針を差し込まれて横たわっていた。据えられた機械の一部の四角い箱を院長が指差し、

「これが酸素を蓄えた人工の肺です。この下のフィルターを通して酸素を大動脈に送り込み、つまり輸血と同じ作用を続け心臓に送り込み、体中を循環させ右の心房を経て下行《かこう》大静脈に戻した後にこのポンプに戻し、また人工の肺を経て血液を還流させるのです。これによって脳のような重要な臓器に血液を還流させ生命を維持させる訳です」

「生命を」

喘いで質した進造に、

「そうです。お嬢さんは実に危ないところでした。その点では小野田医師の判断は正しかったと思います。少なくとも手遅れにはならずにすみました」

「で、この子は助かるのでしょうか。ただの風邪と思っていたのに」

「風邪というのは千差万別でしてね。感染したウイルスによっては、患者の体質やその他の状況で実に思いもかけぬことが起こるものなんです。つまり心臓がウイルスに感染してね」

「それでこの子は助かるのでしょうな」

たたみかけていう進造を見つめ直すと、

「とにかく今はこのまま様子を見守りましょう。しかしこの緊急手段には副作用がありますよ」

「副作用とは、どんなですか」

「いや、それはまた後日経過を眺めての上に」

外すように相手はいった。

院長室に戻った高木の部屋に京子を担当している内科部長の有吉が困惑した顔をしてやってきた。

「実はあの患者を回してきた小野田医師から電話がありましてね。患者の実家は主治医の小野田医師にとって大層大事な関わりだそうなんです。彼女の父親は手広く事業をしている人物で、なんでも小野田医師のクリニックの土地の購入や建て替えにも出資してくれたような関わりでしてね、小野田医師は自分の判断の手遅れであの患者がここまで来てしまったことにひどく責任を感じている風で。院長があの子の父親におっしゃったあの治療の副作用なるものについて父親はひどく気にしていて小野田医師に問い直してきたそうです」

「それは親とすればそうかも知れないな」

「で、小野田医師には一体何と」

「それは難しいなあ」

「小野田医師はＰＣＰＳに関してはほとんど知らぬ様子ですが」

「だろうな」

「あれが所詮一時の延命の策でしかないということを一体どう伝えたらいいものですかね。なんでもあの子の親の会社はゴルフ場まで経営しているそうで、彼女はそこで腕を上げて今年の秋のジュニアの選手権では優勝も期待されているそうですがね」

「それはとても無理だ。第一まず足に来る」

「でしょう。それを見ればいかに親でも……」

俯いて口ごもる有吉に、

「時に、うちで今までＰＣＰＳで一番長持ちさせた患者の症例は何日間だったかな」

「私が関与した限りでは、確か三百四、五十時間ほどでしたが。あれは中年の女性でした」

「それは記録的な事例だな。とすると長くても十日と僅かということか。それを何時どうやって悟らせるかだな」

「あの子はどれくらい保たせられましょうか」

「それはわからん。とにかくあの機械を使って蘇生して助かるのは所詮上半身でしかないのだから」

「それを事前に告げるのは家族にとっては酷なことでしょうが……」

「仕方あるまい。医者として嘘をつき通すことなど出来はしまい。いくら手を尽くしても行く先は見えているんだからな」

「しかし小野田医師の立場としては、彼の口からそれは告げられますまいに」

「だが、長引けば長引くほど家族の出費はかさむよ。あの酸素を溜めた人工肺は長くて精々四十八時間しか保ちはしない。一個五十万円はする。それを取り換え取り換えして十日間患者を保たせたらいくらになると思う」

「そんな経費の方は気にせずにすむ家族のようですが」

「それにしても結果は見えているものなんだから、何時観念して、場合によっては死なせるかということじゃないか」

「ですから、それを何時の時点でどうやってですかね」

「それは副作用の症状が顕著になった時点で、むごいことだろうが親たちに見せるしかありはしまい。事前にその小野田とかいう主治医に伝えさせても親たちは納得はしまいよ。やはりじかに見せるしかあるまい」

「ならば彼も助かるでしょう。これは誰にとっても実に厄介なことです。患者当人も家族たちも呼吸困難が改良されれば一息ついての楽観でしょうから」

「確かにな。これに比べれば以前に担ぎこまれた電車と駅のホームに足を挟まれて片足がちぎれそうになった若い娘の怪我人の方がはるかに気が楽だよ。あれは総員徹夜でなんとか神経まで繋いで片足を失わせずにすんだから。こっちは互いの心理戦のようなものだからな。それも結果は見えているのだから」


中塚京子の容体は当然の経過をたどっていった。

人工心肺の作動の結果、血液そのものが冷やされるために発熱は治まったが、全身の循環が不自然になっているために意識は薄れ、母親が見舞った時は彼女はうつらうつら眠っているように見えた。そんな有様だから母親が話しかけても確かな返答など出来はしなかった。しかし親とすればそれを見るだけでも安心はいったようだ。

彼女が入院してから十日目、小野田医師から京子の病状について担当医の有吉に問い合わせがあった。彼女は半ばの昏睡が続いているが、当てがわれた酸素マスクとPCPSの作用で小康状態が続いているとはいえた。

「失礼ですが貴方はPCPSについて精通はしておられないと思いますが、この治療はある期間続けると患者当人の体次第で副作用が起こります。それが何時どんなタイミングで起こるかは定かではないんですよ」

「どんな副作用でしょうか」

「それは、あの装置で酸素を送り血流を支えているのはあくまでチューブを差し込んだ太腿から上の重要な臓器だけなんですからね」

「というと」

「つまり下半身には確かな血流がないということです」

「それは……」

相手が絶句する気配があった。

「……いつ頃からでしょうか」

「にわかに申せませんな。何ならそれがわかったら貴方にまずお知らせしましょうか」

問うた有吉に相手は絶句したまま答えはしなかった。


進造は会社からの帰りに車を回して小野田クリニックの住宅側の玄関に乗りつけた。

突然の来訪に驚いた顔で迎え入れた小野田に、

「先生、率直にお聞きしますが、京子はあのままにして本当に助かるんでしょうか。

本当のことを教えてくださいよ。今日も帰りがけに病院に寄ってきましたが、あの様子は尋常じゃない。息も絶え絶えというか、ぼんやりしていて私を見ても私ということがわかっているのかどうか。この先一体どうなんでしょうか」

「いや、率直にいってそれは私にもわかりません。お嬢さんのような症例は私にとっても初めてのことです。普通風邪のウイルスが心臓にまで感染するなどということは考えられないんですよ」

「あの機械を使うと副作用があり得ると院長はいっていたが、それはどういうことなんですか」

畳みこんで問われ、

「それも私にはよくわかりません。ああした機械に患者を預けたのは実は初めてのことでして、しかし……」

口ごもる小野田に、

「しかし何なんです」

「しかし、ともかくもお嬢さんの命だけは助けようということでしたから。私が拝見した限りでは、肺が水腫を、つまり肺がむくんで腫れていてあのままでいくと心肺停止になりかねぬところまで来ていましたからね。それを止めるためにはあの措置しかなかったと思います。普通の町の医院では出来ぬことです。しかし……」

「何ですか」

「いえ、あのままでしたら手遅れだったとは思います」

「ということは」

「あのまま亡くなっていたかも知れません」

「そんなっ」

「いえ、風邪というのは実は恐ろしいものなんですよ。我々にもまだわからぬことが沢山あるのです。抗生物質が出来る前にはどれだけの者がただの風邪で死んでいたかわかりません」

「あの子はその例外の中の例外ということですか」

「今出来る限り最大の手は尽くしていると御承知ください」

「しかしその副作用というのは一体何なんですか、もうそれが始まっているんですかね。あの様子はただ事じゃない気がするな。あなたも見定めてくれませんか。あの機械を使って本当に助かるのかね。どれほど続ければ埒《らち》が明くのかを」

「それは私にはよくわかりません。ただ御承知願いたいのですが、あの治療には凄くコストがかさみますよ。御覧になったあの酸素を入れた人工の箱は一個五十万円するのです。しかも四十八時間で切れるそうです。それを切りなく取り換えると……」

「そんなことはどうでもいいんだ。あの子の命の掛け替えなら問題じゃないんだ、わかってくれ」

叫んでいう相手を小野田は怯えた顔で見返した。

「ともかくあんた、明日にでもあそこに行ってあの子が一体どんな目安なのか質して欲しい」

脅すようにいう相手を小野田は怯えた顔で見返し頷いた。

「あなたも医者ならこれを見ればおおよそわかるでしょうに」

案内した小野田に促すと有吉は横たわっている患者の毛布を剝いで外し、さらにその下のシーツをずらし患者の裸の下半身をさらけ出して見せた。出されたものを見て小野田は思わず息を吞んだ。

「おわかりでしょう」

固唾を吞んで立ち尽くす相手に、

「もう始まっているんですよ。この後どうするかはこの子の主治医としてあなたから両親に説明されるんですな。つらい仕事でしょうがね」

いわれて小野田は固唾を吞みながら頷いた。

小野田が見下ろした京子の両足は明らかにどす黒く変色し、あちこちに水泡が出来ていた。

「これはっ」

呻いて呟いた小野田に、

「そうです、壊死が始まっているんですよ。命は繋いでも所詮足から上の体のことですからね」

「このまま行けばどうなるんです」

「足は保たないでしょう」

塞ぐようにいった。

「すると」

「両足がなくても生きている人間はいますがね。ベトナム戦争の時なんぞ地雷でやられた兵隊が両足切断しても帰国して何とかやっていたろうけれど、しかし若い娘さんをどうするか。むごい選択でしょうが、誰かが決めてやらなければね」

「それは私には出来ない。出来る訳がない」

小さく叫んだ相手に、

「それはそうでしょう。やはり両親に決めさせることでしょう。このままで何時どうやって死なせるかは親たちの責任でしょうよ。折角自分たちで生んで育てた子供なのですからね」

「しかし」

口走った相手に、

「やはり親たちにはじかに見させませんとね。で何時にしますか」

宥めるようにいった。


「ともかく一度是非御自分たちでお見舞いしてお確かめなさってください」

その夜自宅にやってきてしきりに願う小野田に、不安な面持ちで、

「あの子に何があったのですか」

すがる面持ちで質す母親の昭子に答えられずに、

「いえ、急にはございませんが、ともかく是非一度お見舞いになって容体を御覧になってくださいませ」

「あの機械は変わらずに続けてくれているんだろうな」

咎めるように父親の進造が質してき、

「はあ、それは勿論ですが」

「じゃあ何故急にかね」

「それは私から申しかねることがございまして」

「だから何なんだね」

「お嬢さんの容体にある変化がございまして」

「どんなだ」

「それを是非御覧いただきたいと存じます。お嬢さんのためにもです。お願いいたします」

深々と頭を下げる相手に何かを察し決心したように、

「わかった。明日にでも必ず行こう」

夫婦して顔を見合わせながら進造がいった。

その翌日、中塚夫妻は揃って緊張した面持ちで病院にやってきた。救急病棟の入り口まで迎えに出た院長を縋るような目でまじまじ見つめてきた。思いきった表情で何か言いかける二人を身振りで制して院長は先立って病室の扉を開けてみせた。京子はいつものように真っ直ぐ仰向いて半ば目を閉じて眠っていた。小さく叫んで駆け寄り娘の顔に触ろうとした母親の腕を捕えて引き止めると、両親に向かって立ちはだかるように院長が向かい合った。

両手を広げて二人を押しとどめる院長を怪訝に見返す二人に、

「いいですか、落ち着いて確かめてくださいよ。お嬢さんの身にはある変化が起きているんです。それを確かめてからこれから先のことを考えてください」

「どういうことですか」

「御覧になればわかります。落ち着いてね」

駄目を押すようにいうとゆっくり毛布とその下のシーツを剝がして見せた。

むき出しになった彼女の下半身を目にして二人は立ちすくみ息を呑んだ。横たわった彼女の両足は黒く変色し一面に水泡が散らばっていた。

「これはっ」

叫んで取りすがった進造の手の下で彼女の太腿の皮が滑るようにして剝がれ、下から黒ずんだ肉が露出し饐《す》えてむかつくような異臭が鼻をついた。

「これはっ」

叫んだ進造を見返すと、

「そうなんです。お嬢さんの足は壊死して、つまりもう腐りかかっているんですよ」

「何故だっ」

叫んでつめ寄る相手を手で制して、

「これがこの装置による延命措置の代償なんです。彼女の命の引き換えにはこれしかなかったのです。小野田医師がここへ入院させなければお嬢さんは遠からずお宅で亡くなっていたでしょう。ここでお預かりしても所詮二週間のお命でした」

「それでこの子はこれからどうなるんだ」

「この機械を働かせ続けても、血流が足りずに脳に障害をきたすかも知れません。それでもなおとおっしゃるなら両足を切断する以外にないでしょう」

「両足をっ」

叫んで絶句する進造に泣き叫びながら昭子がとりすがった。

「そうなってでもとおっしゃるなら、その措置はします」

「いや駄目だ」

目を閉じながら激しく首を振りながら進造は叫んだ。

「それならいい。それなら死なせてやってくれ」

呻いて口走る彼に昭子が叫んでとりすがった。

「でも、どうやってこれから」

質す相手に、

「このまま放置すれば多分意識は薄れそのまま、そうですな、朦朧《もうろう》としたまま亡くなると思います」

「つまり、苦しまずにかね」

「そうです。そういうことです」

「ならば、そうしてやってくれ。それしかないだろうに」

呻いて口走る夫に泣き叫びながら昭子がとりすがった。


それから三日して中塚京子は息をひきとった。穏やかな死に顔だった。号泣して遺体を引き取る両親と兄を眺めながら院長の高木も担当の有吉も黙然と見守るしかなかった。遺体を家まで運ぶ業者は白布に包まれたものを持ち上げながら、その異臭に顔をしかめていた。

地下の出口から出て行く車を見送った後、有吉と高木は顔を見合わせ黙って頷き合った。

「ま、こういうことだな」

高木がつぶやき、

「でしょう。それにしても」

有吉も肩をすくめてみせた。


家に戻った京子の遺体はまず二階の彼女の寝室に寝かされたが、立ち込める異臭に顔をしかめた進造が窓を開けさせた。それでもかなわず、家で一番広いリビングに移させたが、それでも腐敗の進む遺体の放つ臭いは駆け付けた小野田医師が思わず顔をそむけるほどのものだった。

それを見て進造は会社の秘書に電話し、最寄りの火葬場に連絡させ通夜を待たずに時間を問わず即刻遺体の荼毘《だび》を申し込んだ。

翌日、彼女の遺体は花と彼女の愛用していたゴルフのドライバーを添えられて焼き尽くされた。その骨を拾ったのは両親と兄と、付き添った小野田医師の四人だけだった。

骨を納めた骨壺を抱き締めながら進造は、

「これでいい、これでいいんだ」

呻くように口走った。


その日の夜、高木は家に帰ってから二階に同居している娘が結婚して三年目にようやく産んだ孫の顔を眺めに階段を上り、眠っている孫の顔に腕を組みながらしげしげ眺めいった。そのいつもならぬ様子に妻の孝子と娘の明江が怪訝そうに顔を見合わせていた。階下の居間に戻った夫に孝子が、

「貴方、今夜に限ってどうなさったのよ。あの子に何か心配があるんですか」

恐る恐る質してきた。

「いや別に、心配なんぞないさ」

「でも」

「実は今日な」

「何があったの」

「ある家の大事な娘さんを亡くしてしまったんだよ」

「何か手抜かりでもあったんですか」

「いやそれは絶対にない」

争うようにいう夫を孝子は驚いて見直した。

「厄介な仕事だな、医者というのは」

「何故ですか」

「駄目とわかっていても引き受けなくてはならぬことがあるからな。この手の内に知らぬ他人の命を預かるというのはつくづく因果な商売と思ったよ。しかもその子供の親にもう死なせた方がいいと勧めるというのはな」

「だって貴方、それを承知でお医者さんになったんでしょうが」

「しかしな、あの子がもしそんな羽目になったらこの俺はどうするのかね。俺はとてもあの子の命をこの小さな手で本気で預かることは出来まいな」

指で二階を指し肩をすくめながら嘆息する夫を、彼女は驚いた顔でつくづく見直していた。


その日の夕刻、警視庁のヘリが瀕死の患者を運びこんできた。男は拳銃で首を撃たれ意識はあったが全身麻痺の重傷だった。ほどなく警視庁から幹部がやってきて院長に面会を申し込んできた。差しだされた名刺には組対五課長の古谷徹警部とあった。

院長室で向かい合った高木にいきなり、

「先生、あの男助かりましょうか。現場に行ったうちの者の話では意識はあるようですが、なんとしてでも生かして欲しいんですよ」

「努力はしますがね、まず検査をしないことには」

「すぐにもお願いします。是非ともあいつを生かしておいて欲しいんですよ。とにかく全力でお願いいたします。何に優先してでもね」

「それはどういうことなのかな」

質した高木に、

「あの男、実は大事な証人なんです。うちの面子《メンツ》にかかわる大きな事件のね」

「なるほど……とにかく検査をしないことには」

「ですからすぐにも。私はここで待たせてもらいますから、よろしく」

いわれて高木は差配のために立ち上がった。

結果はすぐにわかった。

部屋で待ちうけていた古谷に、

「いや、際どいところでした」

「で、どんな」

「弾は実にすれすれのところで止まっていました。脊髄と延髄の間のすれすれのところでね。前にテレビであったでしょう、必殺仕置人ですか、針みたいな凶器で後ろから首を刺して殺す。あの弾が延髄に届いていたら即死だったでしょう。止まっていた弾を取り出して命は助けたが、しかし体は麻痺してもう全く動けません」

「なら逃亡は出来ない」

「絶対に無理です、口はきけても」

「助かりました」

満足そうに肩をすくめる相手に、

「一体どういう男なんですか」

思わず質した高木に後ろの扉を振り返り確かめた後、

「先生、これはここだけのことにしておいていただきたいんですが、中国と関連した大がかりな覚醒剤の密輸組織の男でね」

「するとやくざかね」

「いえ、当人はやくざというより妙な関わりのある奴でしてね」

「妙なとは」

「あの男の出生の奇縁としてですがね」

「どんな」

「あいつ気の毒な生い立ちでね。実は残留孤児なのですよ。戦後親とはぐれ取り残され中国人に救われ育てられてね。先に逃げて帰った伯父が気付いて政府の当局に訴え探された末に、元いた山東省の田舎で見つけられ、この国に連れ戻されたんです。その後こちらで伯父に育てられ伯父の仕事を分けてもらい結構成功しましてね。長じてから金を摑んで中国に戻り、自分を養い育ててくれた義理の親たちに、連中にすれば腰を抜かすほどの振るまいをしてやったんですな。それが向こうでの評判になって何度か行き来しているうちに奴の周りに人が集まるようになってね。それに目をつけた向こうの、その筋の奴等が話を持ちかけ、危ない橋の仲をとりもつようになった。

　奴等は中国の漁船に物を積み込ませ、日本の近海でこちらから仕立てた船と沖合で出会って物を運び込ませていたんです。日本の沿岸というのは島があったり、あちこち入り江が多く、連中が秘密に落ち合うのに便利なのですな。それに最近はＧＰＳという船の位置を正確に示す機械も発達していて、連中のドッキングは簡単に出来る。運ぶ荷物といっても大きな機械なんぞじゃなしに鞄一つに優に入れられる品物ですからね。それを本拠に持ち込んでそこであちこちに捌いていました」

「本拠というのは」

「池袋の奴等のゲットオですよ」

「池袋の」

「ええ。先生は知るまいが、最近の池袋というのは全く様変りしましてね、今じゃ中国人に占領されたみたいなものですよ。行ってご覧になればわかるが、とんでもない様です。あそこにある幾つかのマンションも今までいた日本人は嫌になってほとんど立ち退いてしまった。とにかく行儀が悪い、上の階から平気でゴミを捨てる、夜昼境なしに騒ぐ。


あの町の本屋を覗いてごらんなさい。中国語の新聞が何種類も置かれている。その裏の広告面はアルバイトの募集と称して泥棒の手伝いの案内まで出ている始末ですよ」

「泥棒の手伝いの広告とは何ですか」

「探偵募集とね」

「探偵」

「ええ。日本語を習いに来ている若い奴等の小遣い稼ぎの案内ですよ」

「日本語を習っている人間に探偵とはどういうことかね」

「つまり空き巣狙いの見張り役ですな、それが結構いい値段でしてね。一晩二、三万円ということで、若い奴等にすればいい稼ぎでしょう。ともかくあの町は最近そんな体たらくでしてね。町の国籍がどこなのかわからん様ですよ。地元の警察の話じゃ最近夜中に町を一人で歩いていたやくざが、中国人のチンピラたちに囲まれて財布を取られたという。で、やくざたちが最近の池袋は物騒で夜は一人歩きは出来ないとぼやいているらしい。何といったらいいんでしょうかね、本末転倒ということですか。そんなことで奴等は麻薬の仕事の本拠をあそこに置いていた。そして何かで仲間割れが起きて撃ち合いになった、ということですが、あの男が死なずにいたのはもっけの幸いでしてね。生きている間になんとか吐かせて奴等の組織の実態を摑みたいのです」

「なるほど」

「それで先生、奴は後どれほど生きていられましょうかね」

「手当て次第でいくらでも保たせられますよ」

「それは有り難い。是非とも当分生かしておいていただきたい。こちらもその間手を尽くして絞り上げますから」

「絞るといったって拷問は出来ませんよ。手を尽くさなければ死ぬことは確かなのだからね」

「それはどういうことですか」

「あのまま行けば当然嚥下《えんげ》障害を起こし窒息します」

「窒息」

「人間は一日に千五百ccほどの唾液を飲んでいるんです。だからそれをスムースに食道に通す算段をしないとね。それにあのままだと、ろくに飲み食いは出来まいから、食道にカテーテルを入れて栄養を補給してやらぬとね」

「尋問は出来ますかね」

「それは出来ます。長い時間は応えるだろうが、酸素を補給しながらなら会話は十分に出来ますよ」

「それは是非ともお願いします」

「とにかく尋問するといっても乱暴は駄目ですよ。興奮させるとどんな変調をきたすかもわからない。とにかく際どく生きているだけだから」

「それは請け合います。いろいろ手立てはありますから」

「どんなかね」

「いえ、奴を置き去りにして逃げて戻った両親の、母親の方はまだ生きていますし、彼女を使う手もありますから。それにこちらの都合で生かしてやってるのだから脅しようはいくらでもある。奴にしてもこのまますぐにくたばりたくはなかろうからね」

それから数日して高木にたってのことでと面会の依頼があった。相手はこの病院でこの数年にわたって腎臓の透析を受けていた有田雄一という患者だった。

その日、有田は何故かひどく緊張した顔でやってきた。座るなりいきなり、

「実は先生、私決心をしました」

「何をです」

「今までお世話になってきましたが、もう透析は止めたいと思います」

「何故」

「恐ろしくて考えませんでしたが、この際出来たら臓器移植をしてみたいと思います。そう決心したんですよ」

「ほう、何故急にですか」

「つくづく嫌になりました。毎週三回五時間も体を縛りつけられ、飲むものも飲めず

食うものも食えずにいて、つくづく人生味気なくって、この顔の色だって黒ずんで見られたものじゃありませんし。だから一か八か賭けてみようと思います。幸い仕事のほうも婿《むこ》がしっかりしてくれているし、一緒にここまでやってきた家内も元気ですからね」

「しかしそうはいっても臓器の移植はそう簡単にはいきませんよ。ここでも幾つか症例はあるが、何よりもまず相手が簡単には見つかりません」

「費用はいくらかかってもいいんです」

「いやそんな問題ではない。事は移植を受ける相手との相性の問題でしてね」

「相性ですか」

「そうです。赤血球や白血球の適合度とか、移植を受ける人の血液の中に提供者のリンパに対する抗体があるかどうか、いわばＤＮＡの問題です。例えば血縁の方ならそれが合致する例はよくありますが」

「家内はどうでしょうか」

「わかりません。夫婦はあくまで他人ですからね」
「家内はあなたがその気なら私でもいいといってくれているのですが」
「それは殊勝な話だが……奥さんがその気でおられるなら一度調べられたらいかがですかね」

有田工業は足立区の小さな町工場から始まった。元々物造りの好きだった雄一がある時バネ仕掛けで動く子供の玩具にヒントを得て、さらに手の込んだ面白い動きをする玩具を作り出し、それを市中の大きな玩具屋に持ち込んで面白がられ、さらに人を増やして作り出した品物を一時は夫婦してあちこちに注文を取って歩き回り今までのし上がってきた。中でも小広い表面に沢山の穴があり、そこからアトランダムに顔を出すモグラを槌で叩いて点数を稼ぐゲーム機は今ではそれを置かぬ遊園地はないほどの人気の商品となっていた。

会社も二部に上場され社業も順調に伸びてきていたが、長年の過労のせいでか社長の雄一の健康が損なわれ腎臓に不調をきたし、三年前から人工透析をせざるを得なくなってしまったのだった。

いかにもつらい透析生活が続く間、ある友人は臓器移植を勧めたが、元来小心な雄一は大それた手術が恐ろしくとてもその気にはなれずにきたが、一人娘に迎えた婿が大層有能で社業の差配も手早く業績もさらに伸びる様子で、彼としては老後も考え、これ以上肉体的な苦痛に耐えていくことを諦め半分で妻に打ち明け相談したら彼女も彼の決心に賛成し、揚げ句に何なら自分の腎臓を亭主のために差し出してもいいとまで言い出したものだった。

そして思い立ったままその日、院長の勧めで取りあえず移植を受けるための体質の検査を受けた。

その翌日、妻の幸江の提言で会社のホールに集めた二百人ほどの社員に彼が自分の健康の実情を訴え、もし検査の結果自分と体質が合致する者がいたなら破格の金額を提供するので移植のために腎臓を提供してくれる者はいまいかと挙手を求めた。が、案に反して手を上げる者は一人もいはしなかった。

その夜、家に戻った二人は嘆息しながら顔を見合わせたものだった。

「なんだかんだいっても所詮は他人なのねえ。うっかり検査して合致しても、誰もどうぞ私のものをとはいいっこないわよ。こうなったら後は私しかないわ。いくら誰か親族といってもまさか娘とはいかないでしょ。後は私くらいよね」

「しかし夫婦とはいっても、とてもそうはいかないと先生はいっていたよ」

「でも、当たる確率は社員たちと同じでしょう。宝籤《たからくじ》みたいなものよ」

いってけらけら笑ってみせる妻を雄一はまじまじ見直していた。

はたして宝籤が当たったのだった。なんと彼女のＤＮＡは思いがけなくも雄一のそれと合致していた。

彼女の腎臓の摘出と彼への移植は同じ日に行われ、二人の手術は順調に終わった。

手術を終えた後、二人をそれぞれの部屋に収容したのち、医局に集まって一服し予後打ち合わせに集まった医師たちの話題はもっぱら夫婦同士の間の臓器移植という前例のない事例への関心だった。

「夫婦というのはなまじな縁で出来上がるものじゃない、というのがわかりますなあ」

彼女からの腎臓の摘出を担当した外科医の小淵が慨嘆してみせた。

「彼女の腎臓を夫の体内に収《しま》いこんだのは、まさに合縁奇縁というのですかねえ」

その後に外科部長の相沢が、

「君はまだ独身だったよな。嫁さんをもらうなら、あの有田の奥さんみたいなのを探すことだよな」

「ああいうケースをやはり美談というのでしょうかね」

「だろうなあ」

いいながら横にいた両方の手術に部下の看護師たちを指揮して立ち会ってきた看護課長の大野幸子に、

「君の旦那があのケースだったら、君は君の腎臓なり肝臓を亭主に捧げるかね」

「私は嫌よ。逃げますわ」

「そりゃ冷たいな」

「だってその後がつらいですもの。あの奥さんきっと後で後悔して旦那さんを恨むはずよ」

「何故だい」

「先生おわかりでしょう。臓器を一つ抜かれた後、抜けた後のスペースを埋めるために周りの臓器がじわじわはみ出して来る時の痛みはたいていのものじゃないそうですよ。何年か前に若い息子が父親を見かねて肝臓の一部をゆずったことがありましたわね。あの子まだ二十代の元気な、何かのスポーツの選手でしたけれど、その痛みには音を上げていましたわよ。それが打撲とか切り傷の痛みなんぞと違ってじわじわとしめつけるような、なんともいいようのない鬱陶しい痛みだそうですよ。私、亭主のためとはいってもとても駄目。あの奥さん、きっとこれから苦しんで後悔するんじゃないかしらん」

「腎臓の場合は肝臓とは違って臓器そのものの大きさがだいぶ違うから、その痛みは肝臓とは違うだろうがね。しかし会社の命運がかかっているんだからな、役員としてもやり手の彼女にすれば妻としても仕事の片腕としても我慢のしどころだろうさ」

「あのね、その奥さんが手術の前、旦那さんにいってたんですって」

「何と」

「年からいっても貴方の方が先に死ぬんだろうから、その時は私の腎臓をまた返してくれってね」

「なるほど、それはいいな。それならば本当の夫婦だよ」


手術の後、細君の方は開腹の傷が治まり亭主よりは一足先に退院していった。亭主の方は新しい臓器が繋がったとはいえ、それが全うに機能しているかどうかを確かめるために術後に与えられる水分が新しい腎臓で十全に濾過されて排出されるかどうかの機能の保全と確認のため、一応ある期間従来のように透析をかけ、新規に補填された水分がまともに濾過されて排出されるどうかの検査に二週間ほどのテスト期間が講じられることになった。

そして手術後半月ほどして主治医は彼に従来通りの水分の摂取を許可した。憧れていた水を怖々十分に飲み込んだ後、ようやく兆してきた尿意を抱えて有田雄一は恐る恐る病室から廊下を隔てた向かいのトイレに入り便器に向かい合った。そして取り出したものを指で構え気張ってみた。

次の瞬間構えたものの先端から水がほとばしった。しながら彼は呻き思わず小さく叫んでいた。歴然として蘇ったものの感触の悦楽の中で彼は思わず天を仰ぎ小さく叫んでいた。叫びながら涙が溢れてきた。

その日の夕方、運び込まれた病院の夕食の盆の中に何やら酢につけたおかずがあった。それを口にした瞬間、そのわずかな酢の味が舌の先から喉を経て全身に痺れ伝わるのが感じられたような気がしていた。その感動を逃すまいとするように彼は箸を握ったまま身を凝《こ》らしていた。その味覚の戦慄は今ようやく彼の腎臓だけではなしに全身が蘇ったことを証してくれていた。

その翌々日、彼女から彼の全快を聞かされた限られた友人二人が、彼女から彼の病室の番号を聞き取り確かめたうえで土産を抱えてその部屋の扉を押し開けたが、ベッドに座ったまま迎えた相手の人相が全く違っているのに慌てて、訪れた部屋を間違ったものと思いこみ、ナースステーションに彼の部屋の確認に取って返したものだった。


腎臓の移植で人生を蘇生させた有田雄一が無事退院してから間もなく医師たちにとっては極めて厄介な患者が運びこまれた。

中山則夫という都内の足立区の瀬戸物を扱う店の息子で、幼児の頃から胃腸に変調をきたし成長につれて度々町の病院にかかって来たが、かかりつけの医師も手に負えず六歳の時、中央救急病院に運びこまれてきた。

家族や医師の報告だと彼は誕生の時は四キロ近い体重の見た目は健康な子供だった

が、半年を過ぎた頃こぶしで腹を押さえて叫び出し、原因のわからぬまま痛みを止めるだけの当座の措置がとられてきたが発作が頻発し、もて余した医師はつてをたどって中央救急病院に運びこんできた。

診断の結果、彼は巨大結腸症とわかり一種の奇病ヒルシュスプルング病と診断された。この病の先天的なものは予兆として本来出産の後、赤子は胎便を出すものだが彼にはそれがなく、彼をとり上げた助産婦がそれに気付かなかったようだ。

この病は極めて厄介なもので腸の収縮を起こす細胞が欠けていることで起こる。そのため腸は伸縮することが出来ず極端な便秘か下痢が起こる。そしてそれによる腸の障害は腸の組織の壊死を招く。壊死した部位は取り除かなければならない。これはかなり厄介な専門的な手術で、まず人工肛門を造設して排便させ、その三、四ヶ月後に開腹し神経節細胞のない腸の部分を摘出し正常部分の腸管を肛門部と繋ぐのだ。根治手術後の予後は概して良好だが、将来的に肛門が機能しなくなって人工肛門になる可能性もあった。

しかし中山則夫はその後も腸の壊死が進み、数度の手術を強いられることになった。十二歳の秋に二度目の、そして十五歳の夏には三度目の手術が行われた。そのどれも際どい手術で三度目の折には患者自身が手術に怯えて興奮し麻酔のためのマスクをつけるのを嫌がり、装着の前に鎮静剤を注射せざるを得なかった。

そしてその手術には希少病例治療の参考に他院の医師たちの見学が許されたものだった。それがある意味では裏目に出てしまった。患者のプライバシーが侵され、難病で苦闘するまだいたいけない少年の存在が世間に知れてしまい、彼のいる病院に全国の多くの人々から見舞いや応援の手紙や贈り物が殺到し、中央救急病院の存在は有名になった。

こうした推移の結果、極めて厄介な事態が生じてきた。それは彼の病院への精神的な依存性が極めて強くなってきたことだ。病院では重症な患者として彼には集中治療室の一室が与えられてきたが、病状が安定して来れば当然彼は足立区の自宅に戻される。瀬戸物を扱う彼の実家は貧弱な商店街に面した間口が八メートルほどの二階建てのもので両親と二人の兄弟を含めて五人が住まう狭小なものでしかなく、病人の彼は二階の二部屋の襖で間仕切りされた小部屋に敷かれた布団の上に寝かされていた。テレビは隣の大部屋に一台しかなく親は仕方なしに彼のために小型のテレビをわざわざ買って与えていたが、学校に通うことの出来なくなった彼の楽しみは、かねて好きだったいろいろな飛行機の写真を壁に張りめぐらし、テレビを眺めながら出来るはずのない旅を夢想するだけだった。

それに比べれば病院の個室にはテレビが据えられてい、自在に好きなチャンネルが眺められ、差し入れのアイスクリームやお菓子も食べることが出来る。彼が常用しているモルヒネやコカインから離すためには小康状態の彼を自宅に泊めることだが、自宅での生活に比べれば病院での生活はナースコールのボタンを一つ押すことで即座に看護師たちがかけつけてくれる天国だった。そのためにある時彼は家で便意を催した際、母親にそれを告げられずに汚物で布団を汚してしまい、往生した親たちが病院に頼み込み再々入院ともなった。

そんな彼をある時点で病院はある意味でもてあまし、彼に関する緊急の会議を開かぬ訳にいかなくなった。それを発議したのは病院の会計主任だった。現行の医療制度の中では普通の医療措置は国家の医療行政にそって大方は国家の負担で賄われるが、その規格を外れた措置はあくまで個人負担となる。しかし中山則夫の場合、彼の実家の現況からしてそれは所詮不可能な筈だった。現況では彼はある意味で病院にとってスター的な存在になりおおせていたのだ。

総じて中央救急病院は救急の患者が多い性格上、患者の治療費の未払いが多大で収支はぎりぎりの状態が続いていた。

これは病院にとって皮肉な現象で度重なる手術の費用を患者の家族の経済能力に限界がある限り、いきがかりからしても病院を助成している財団が負担せざるを得なくなる。そのために委員会が開かれはしたが、医師たちや財団の理事たちも引くに引けぬ立場を暗黙に了解せざるを得なかった。

病院での総合会議の主題は大方患者への対処の在り方、例えば症例によって新薬をいかに使うかといった議題だったが、中山則夫のケースは病院全体の倫理性に関する問題となった。

まず今回家族の要望に応じて四度目の手術をはたしてすべきかどうかだ。彼の腸の壊死状態はさらに進んでい、このまま放置すれば最悪の事態にも繋がりかねない。

「しかしそれは病気の性格からして当初からわかっていたことではないですか。外国の事例を見ても知れていたことでしょう。たまたまうちとしては救急の措置として処置せざるを得なかった。そして事例が稀なケースだったせいで担当医師が請われるままに専門誌に措置の経過を報告してしまった。それは医師としての良心というか責任感に沿った正しい措置だったとは思いますな」

冒頭、内科部長の有吉がいった。

「しかし二度三度と手術を重ねながら、やがてはこんなことになると誰も疑問を抱かなかったのだろうか。この病に関してはすでに文献もデータもあった筈なのに、事がここまで来てしまったのは何故なんでしょうかね」

「それはいわぬ方がいいと思う。誰のせい何のせいでもありはしない。要するに世間に引きずられてしまったのだよ。病院には病院としての顔があり面子もある。あの子がこんな風に世間にあおられて、なんというのかね、一種のスターになってしまった限り、それを簡単には見捨てる訳にはいかなかったのは事実だ。なんというかうちの財団に対する責任というか……」

言い切れずに言葉を濁した院長に、

「しかしそれ以外の責任も考えてくださいよ」

会議の開催を言い出した会計主任が口をはさんだ。

「先生たちの気持ちはわかりますよ、しかしなんといっていいのかな、野球でいえば期待していたピッチャーがさんざん打たれているのにそのまま投げつづけさせて、ぼろ負けになるのは防がなければならないのじゃありませんかね。私には詳しいことはわかりませんが、あの子は死ぬのでしょう、違いますか。必ず死ぬのでしょうが」

「それは、君」

「ええ、私の知ったことではありますまいが、物事にはすべて切りというかタイミングというものがあるのじゃありませんか。あまり気を持たせない方がいいと思いますがね」

「つまり何時見限って、何時死なせるかということだろうな」

周りを見回しながら院長は呻くように独りごちた。

「それは」

手を上げ何か言いかけ絶句した集中治療室主任看護師の前野愛子が俯いたまま、

「あの子は実は知っているはずです。この前も私に僕は家に戻されたらきっと死んでしまうだろうな、ここにいる限りは生きていられるんだよねといったんですよ」

「だから我々がそうしてしまったんだよ。その責任も我々がとらなくちゃあなるまいが」

院長は諭すように言い切った。

「ならば、あの子はこれから先どれくらい生かしてやれるんですか」

「それを聞く必要はないと思うよ。今誰に聞いても誰も答えられはしまい。一番上にいる財団の理事長に尋ねても答えられはしまい。一体何のために誰のために、この先際限なくあの子を切り刻んで死ぬのを待つのかどうかを誰が何が決められるというのかね。それが出来るのはあの子が証すように人間という不完全な生き物をつくった神様だけだろうよ。でも誰が何のためでもなしに、ただあの子のためだけに、また次の手術をするかどうかは、どうやら今ここで我々が決めてやらなくてはなるまいな」

院長が言い切った後、室内を奇妙な静寂が支配していた。誰もが互いに何かをうかがうように顔を見合わせていた。

そしてその沈黙に耐えかねたように、

「やっぱり止めましょう。私は切りたくない。切れませんよ」

執刀を予定されていた外科部の青山が叫ぶように口走った。

「あの子には死ぬ権利があるはずですよ。私はそうさせてやりたい、そうさせるべきだと思います」

言い切った後、彼は挑むように院長に向き合った。

そしてその彼に向かって院長は黙って頷き返した。それが会議の解散の合図のように、集まっていた全員が沈黙のまま頷き合って部屋から出ていった。


その後、青山と看護師の前野愛子はばらばらに病院を出て、いつもの新橋の喫茶店で落ち合った。

向き合って座り互いに探るように見つめ合ってから、とどいたコーヒーを口にした後、手を伸ばし彼の腕にかけると、

「疲れたでしょう。でもあなたの判断は正しかったと思うわ。あのひとことで皆が救われたし、あの子も助けられたのよ」

「それは皮肉かね」

「いえ、そうじゃないわ。私はずうっとあの子を看取ってきたけれども人を生かすということがこんなに残酷なものかなと思ってきたのよ。死ぬことを恐れていたのはあの子だけれど、彼が必ず死に向かって生き延びるということを実は周りの誰もが恐れていたと思うの」

「君がそういってくれれば僕は救われるよ」

「それでね、私決心が出来たのよ。私、やはりあなたの子供を今度は堕《おろ》すわ」

正面から彼を見据えて突然いった。

「急にどうしてだ」

「私、あなたと結婚したら今の仕事は辞めるつもりでいたのよ」

「何故だい」

「私、今の仕事をしながらあの則夫君だけじゃなしに何人かのお子さんが亡くなるのを見てきました。その内の何人かは私たちの手が及ばずにではなしに、どう見ても親の責任というのがあったと思う。中には則夫君のように誰の責任じゃなしに、なんというのかしら神様、そうね私たちの考えの及ばぬもののせいもあるでしょうね、だから私怖いのよ」

「そんな馬鹿な」

「そうよ、馬鹿かもしれないけど、私子供を持つなら自分で安心の出来る完璧な母親でいたいと思うのよ」

「それはおかしいよ。僕から見れば君は完璧な看護師だよ。その君がなんで完璧な母親になれないというんだ。それとも僕のＤＮＡに、いや自分のＤＮＡに不安でもあるというのか。それこそ神様しか知らぬことだぜ」

「それはそうかも知れないわね。でも私、人が甲斐もなく死んでいくのを眺めるのに耐えられなくなったのよ」

「ならば、どうするんだね」

「この頃おかげで人の平均寿命が延びたんでしょ。女が八十七、男の人が八十ですか。でもここじゃその前に駄目になる人が沢山いたわ、あの則夫君だってね。だから私、これから長生きしていく人たちのそばで過ごしたいのよ。どこかの老人のための施設で働きたいの。それで何か償いが出来るような気がするの」

「つまり君は生きるということが怖くなったということかね」

「だって普通の人間ならつとまらない仕事をしてきたということでしょう。ある意味では人に羨まれもする者として」

「そうだね、互いに僕らはさんざ努めて国家の試験を受けて資格を取り、ある意味じゃ他人に羨まれもする仕事をしてはきたが、何か大事なものを見失ってしまった気もするな。ここじゃ人間の生き死にがあたり前のことになっちゃってるが、それはそれぞれの者やその家族にしてみればまさに一生一代のことなんだよな。僕らにすれば亡くなった人はその限りでもうただの他人、というよりただの死体、ただの物でしかありはしないが」

「そう、私それが怖いのよ」

「しかし俺はこの仕事を辞める訳にはいかないよ」

「あなたは人の命を救うことが出来るわ。でも私はただそれを横でおろおろ眺めているだけなのよ」

いいながら手を伸べ彼の手に重ねた彼女を見返し、彼はただ頷くしかなかった。

肩を落とし一人立ち上がって出て行く彼女を見送った後、彼は乱暴に椅子を引いて立ち上がり店を出た。どこへ行くあてもなく母親と一緒に住む家に戻る気もしなかった。結婚のつもりでいた相手に、ああいわれて立ち去られ、突然この世に全く一人で立ちつくす思いだった。

折角身ごもった子供は二人の絆の何よりもの証しで、これからの二人の仲を揺るぎなく証すものの筈だったのに、彼女はそれを思い切って捨てるという。彼女をそこまで曳いていったもろもろの出来事、それはほとんど彼との共同の際どい作業の積み重ねだったが、それによって培われた互いの信頼の絆を何が蝕み崩したというのだろうか。

そういえば俺はこの手で今まで一体何人の命を救い損なってきたのだろうか。

店の外で立ち止まり、下ろした腕を持ち上げ両方の手を開いてしげしげ見直してみた。ふとその両の掌が赤く血に染んでも見えた。

「馬鹿な。ならどうするというんだ」

自分に呼び掛けて呟き、彼はあてもなく歩きだした。

行き着いた所は医学生の頃、仲間とよく行った居酒屋だった。そこでしたたか飲んだ後、時折顔を出す新橋の医者仲間が常連のバーに寄った。彼の顔を見て、

「あら先生、今夜もお仕事で手術をなさったの」

見知りの店の女主人がいった。

「何故だい」

「わかりますのよ。先生たちのお仕事大変なものなのよねえ。だってここへ来られる方の多くはいつも大事な手術の後だといわれるわ。先生も今夜はそうなんでしょうが」

「そう見えるかね」

「だってお久し振りじゃないですか。この所すっかりお見かぎりでしたもの」

「その逆だよ、今夜はな」

「どういうことよ」

「まあ、そういうことなんだよ」

暫くして戻って来た彼女が気がついて、

「あら、そんなに立て続けにお飲みになって大丈夫なんですか」

ダブルのハイボールを三杯空けていたのをたしなめられ、スツールからふらふらして立ち上がった彼を見送った彼女の懸念が当たって、それから間もなくして年配の警官に抱えられた彼が戻ってきた。その顔に黒い痣《あざ》があり額の傷から血が流れている。

「どうしたのよ、先生」

駆け寄った店のママに、

「通りの真ん中で喧嘩ですよ。私が止めましたが、怪我の手当てをこちらでするというので連れてきました。こちらのお客だそうですな。どうも酔っ払いの喧嘩というのは質が悪いですな。あんた手当てをしたら一緒に署まで来てもらうよ」

「お巡りさん、それは止めてくださいな。こちらは病院の立派なお医者さんなんですよ」

「どこの病院かね」

「中央救急病院の先生なんですよ」

「え、それがなんであんなことを」

「お仕事できっと大事な手術をされて疲れていらしたに違いありませんわよ」

「あなた、中央救急病院の先生かね。こないだは同僚が捕物の怪我でお世話になったんだよな。弱ったな。ならば明日一応署に来て調べを受けてくださいよ。相手もすこし怪我をしていたみたいだからね。場合によったら、あなたの病院に行かせますよ」

翌日やってきた近くの署の幹部に院長の高木が、

「いや、とんだお騒がせをして申し訳ありませんでした。今朝当人から前後の事情を聞きましたが、実は直前まであの男が厄介な手術を手がけていましてね。それはなんとかうまく切り抜けてくれたんですが、神経をつかってくたくたで気が立っていたのでしょう。何しろ外科の手術というのは一種の戦ですからね。その後はたいてい大酒でも飲まぬと神経がもたなくなるんですよ。わかってやってください、私も若い頃はいつもそんなものだったが」

刑事が引き上げて行った後、呼び付けた青山に、

「会議の後、君と前野との間に何があったかを彼女から聞いたよ。昨夜の出来事の噂をきいて彼女が俺に言い訳をしに来たよ。彼女の気持ちもわかるし、あんな事をいわれての君の気持ちもわかる。私としても彼女のような人を今急に失う訳にはいかない。あれがそんな気持ちでいるなら持ち場を替えてもやるよ。ただな、中山則夫の手術は取り止めはするが、しかしこの先無駄と知れてる手術でもやっぱり君がするんだぞ。それが医者だ。それこそが外科医というものなんだ。この道を選んだ限り私たちは黙

って人を殺し人を生かしていくんだよ。私たちにはそれしかないんだ。そのためにたいていの奴らは大酒を飲むのさ。殺しながら生き延びるためにな」

中国名・亮請康の尋問を、患者の容体を見て判断した院長の許可を得て古谷が始めていた。

始めは頑《かた》くなに口を閉ざしていた彼も古谷が母親を同行して訪れた時、彼の容体を見て涙した母親に応えて涙を浮かべ頷き返していた。

母親はその日一日、彼のベッド脇を離れずにいたが、促されて引き取った後、古谷がおもむろに口を切った。

「いいかお前、お前がこれから何をしようとおっかさんはこの国で日本人として生きていくんだぞ。あの国にお前を残してきたことに、どれほどつらい思いをしてきたかはこちらに帰ってきてよくわかったろうが。その母親がお前のしでかしたことを知って、この後どんなに肩身の狭い思いで過ごすかを考えても見ろよ。お前が俺の質したことに正直に答えることが最後の親孝行だと思え。自分の様子を見れば自分がかろうじて生かされているのはわかるだろうが。お前がこの先どれだけ生きていられるかはこの俺が決めるんだよ」

「それはどういうことだ」

「だからそういうことなんだよ。お前に今付けられているものを何時外すかは俺が先生たちに頼んで決めることなんだよ。お前が運び込んだ物で一体どれほどの日本人が命を損なわれたかを考えてみろ。その仕返しを俺がこの手でしてもいいはずだろうが」

いわれて相手はベッドの中で身を反らし、まじまじ古谷を見返してきた。

「そうだよ、今ここで俺がこの手でその酸素マスクを外しても誰が咎める訳はないんだ。それを考えてからものをいえよな」

その翌日、古谷が院長に面会を求めてきた。

会うなり深々と頭を下げ、

「先生、本当にお世話になりました。おかげであいつの調べがつきましたよ」

「ということは」

「ようやく吐きましたよ、奴も最後は日本人としての役は果たしたということですな。これで奴等の組織の筋がつきました。後は外交筋を通じてあいつらの本拠の摘発をあいつらの政府にまかせます。奴等にしても隠してすませられる話じゃありませんからね。中国じゃ麻薬をやった連中は死刑だそうですから」

「それは結構でした。うちもお役に立てたという訳ですな」

「全くです。お国に代わって感謝いたしますよ。それでですね、あいつの始末を何時つけるかですが」

「ということは」

「あいつの用はもうすんだということですよ。ですから何時始末していただいても結構ということです。税金を使っていつまでも生かしておくという訳にはいかないでしようからね」

「つまり」

「はあ、適当に死なせていただいて結構です」

「なるほど、それがあなたたちの流儀ということですか」

「いけませんかね」

「医者の耳には痛い話ですがね」

「ですから、もう適当にお願いいたします。お互いに餅は餅屋ということですよ」

「なるほど、もうこちらも御用ずみということですか」

「あり体にいえばそういうことですかね。お礼のしようもありませんが、お陰で一件落着ということですから。そちらにしてもそういつまでも大事にして預かる義理のある患者ではないでしょう。まあ、エンジンも故障していてこれ以上走ることの出来ぬポンコツの車ということでしょうが」

「後は廃車ということですか、しかし……」

「ならば、この後いつまで生かしておくつもりですか」

「……最後の最後に世の中の役に立てて死なせる訳にはいきませんか」

「どういうことですか」

「このままでいけばあの体で社会復帰が出来る訳は全くありはしない。つまり実質彼は死んでいる訳です。ならば本当に死ぬ前に世の中の役に立てて死なせる訳にはいきませんかね」

「ですから、どういうことです」

「臓器提供ですよ。調べた限り手足は動かなくても残りの胴体はまともに機能しているのだから、あの男の臓器を移植を希望している人のために回す訳にはいくまいかな」

「なるほど」

「それにはあくまでも親族の承諾がいります。一般には親の善意での承知が前提で、彼の場合なら母親の承諾が必要です。その説得は出来まいかね」

「なるほど、それは落とし前次第でしょうな」

「落とし前とは」

「金でしょうな」

「それは駄目です。移植のための臓器の売買は違法になりますからね」

「しかし先生、ベラ棒な金額でなければ……。それはともかく今度の事件の成り行き次第で親族や関係者との捜査の上での、いってみれば駆け引きであの母親を釣ってみますよ。彼女にしてもあの男が死んだ後の行き先のこともあろうからね。うちとしても悪いようにはしないといってやりますよ。しかしあんなやくざな野郎のはらわたでも役に立つんですかね」

「それは受けとる相手の体の条件次第で十分可能だと思いますよ」

「ならば、あいつの罪つぐないに最後にいいことをさせてくたばらせてやりましょうよ」

「出来ますかね」

「まず母親に奴はこの先間もなく間違いなく死ぬということをいって聞かせてのことですな。そう聞けば何にしても損得の勘定はありますからね」

「そうなれば、医者の立場としても救われます」

「わかりました。これはお互いに悪い取引じゃありませんよ。後は私が請け合いますから。ところで先生、奴のはらわたの何と何が要るのですかね」

「全部です」

「全部とは」

「まあ、ほとんどです」

「そういったって」

「まず心臓、それに肝臓に腎臓、出来たら膵臓もです」

「なるほどね。それをどうやって運ぶんですか、それを全部ここで使うという訳じゃないでしょうが」

「運ぶのは簡単です。冷凍にして缶詰にしてすぐにです」

「冷凍の缶詰とはね」

「そう、昔からそうやって運んだものです。私たちがまだ医学生の頃にも、研究のために切り落とされた頭とか脳そのものとかの缶詰を研究のために買わされたものです」

「へえ、それはこの国でですか」

「いや、あれは主にバングラデシュとか貧しい後進国からのものだったようです。人間、金のためなら何でもするもの。今の中国でも同じことらしい。噂では九州のある大病院は中国と契約してもっぱら銃殺された政治犯の臓器を移植に使っているそうですがね。そのために必要な臓器が傷まぬように死刑はもっぱら頭を撃ち抜いてやるそうです。脳だけは使いようがないので」

「なるほどね、それで思い当たることがありますよ。これはある外国筋からの噂だが、その国じゃ昔よくあった身の代金目当ての子供の誘拐事件が激減しましてね。身の代金を受け取る手間の代わりに誘拐した子供の臓器を転売して稼ぐらしい。ことほどさように医学が進んだということですかね」

「まさにそうです。だからあなたに際どい打ち明け話をしたということです。しかし事はすぐにやらないと」

「すぐにとは」

「だから当人が死んだらすぐにです。貰うのは出来るだけ早い方が有り難い。つまりそれだけ待っている者も多いということです。そのための技術は当節昔に比べれば格段に進歩していますから」

「なるほど、どんな奴でも死ねば当節世間のお役には立つということですな」

「そういうことです」

「ならば、何時にしますかね」

「何時とは」

「ですから、あいつを世間様のお役に立てるために、何時死なせるかということですよ」

「それはあなたたちが決めることでしょう」

頷いて部屋を出て行く相手を見送った後、高木院長は一人首を傾げながら辺りを見回し肩をすくめていた。


その日の大石晴哉は起きて着替えようとしてベッドから立ち上がった瞬間、軽い目まいがして一歩よろめいて立ち直した時、頭に軽い痛みを覚えた。

昨夜は研究の参考書類に夜半まで目を通した後、それでもいつもより二時間近く寝過ごしたのに何故か頭痛ははっきりと感じられた。

その日、東大の研究室でいつものようにとりかかっている新しいプロジェクトについての意見交換を行い自分の机に戻ったが、研究の自分の持ち分のパートについて討論の際まだ言いたりぬと感じていた部分について反省し明日の拡大会議の際には主張しようと思っていた件について考え直そうとしたが、何故かそれについて頭がいつものように動かず、その件について参考にしようとして手元に控えておいた外国のある会社が着手しているという新技術のデータの資料を取り出そうと探したが、一昨日しまった筈の資料がどうにも見あたらなかった。

それでいらいらしながら、どうもこのところ物忘れがよくあるのを思いおこし首を傾げた。資料はあちこち探したが、どこにまぎれたか見つからない。最後の頼みで探してみたファイルにも入ってはおらず、その結果に腹をたて拳で思わず机を叩いた時突然目まいがあり、それを確かめて目をつむったら何故か軽い吐き気までしてきた。疲労のせいかと自問してみたが、このところの仕事はそんなにハードなものではなく睡眠も不足しているとは思えはしなかった。

次の日の朝にも起き上がり際にまた目まいがしてよろめき立ち直した時、昨日に似た吐き気がし頭痛がし、頭痛は昨日よりももっとはっきりと重く感じられた。そして洗面所で顔を洗い身を起こし戸口に向かって踵《きびす》を返した時、何故かよろめいて思わず壁に手をかけて体を支えた。

研究室でも昨日同じようなことが起きた。

手がけている開発の研究のための討論の流れの中で自分の番が回ってきたのに促されるまで口が切れずにいた。そんな自分に気づいて口ごもる彼を周りは怪訝そうに促し、

「大石君、少し疲れているんじゃないの。あまり無理するなよ。これはそう急ぐ案件じゃないんだから」

担当の教授が声をかけてもくれた。

いわれて首を傾げ、

「すみません。このところちょっと体が変調ぎみで、風邪でも引いたのかなあ」

「まあ無理はするなよ。この件は君の抱えている部分が鍵なんだからね」

「どうもこのところ物忘れして自分でいらいらすることがあるんですよ」

言い訳して首を傾げる彼に、

「それは誰しもあることだろうが、君の年では少し早いんじゃないかね」

教授がいって皆が笑った。

そしてその翌日もさらに次の日の朝も起きがけに同じことが起こった。

朝食を取りながら母親の喜美江に訴えたら彼女も眉をひそめ、

「一度お父様に相談して、前にお世話になったお医者さまに診てもらったらどうなの」

「ああ、そうするよ」

その夜遅く戻った夫に喜美江が打ち明けると彼も眉をひそめ、その場に息子を呼び寄せた。彼から様子を聞き取り、

「それは怪しいな。前にも思いがけないことがあったんだから大事にした方がいい。明日にまた私から院長先生に電話してお願いするから、すぐにも行って診てもらうことだぞ」

「わかった、そうするよ」

「時にお前、今どんな研究をしているのかね」

「かなり厄介な問題でね、新しく打ち上げるロケットにつける人工衛星の仕組みでね。お父さんも聞いているだろう、前に飛ばした衛星は途中で故障して通信が途絶えて結局廃棄されたんだよ。あの謎のブラックホールなるものの解明にも役立つのじゃないかと世界中が期待してくれていたんだけれど、宇宙開発公団も失敗を認めて諦めた。その故障の訳がまだわかってはいないんだよ。衛星を動かす動力を集める太陽エネルギーを蓄えるソーラーパネルに問題があったのじゃないかともいわれているけれど、今度はそれを新しくどう変えるかが問題になっているんだ」

「なるほど、それは大問題だろうな。それをお前が請け負っているという訳か。大事な仕事だなあ、世界に役立つことだな、成功を祈るよ」

「いや、僕一人でどうなる問題じゃないけど、結局発想をひっくり返して出直さないととは思うな」

「お前なら出来るさ、きっと出来ると思うよ。私はそんな気がしているよ」

「それは買いかぶりだよ」

「いやそうだ、自分でもそう信じてかかることだぞ。しかしその前にまずは健康だよ、まず体を整えてかかることだ。とにかく明日にでもあそこに行って、よく診てもらうことだ」

翌日の朝、大石徳次郎は中央救急病院に電話して高木院長を呼び出し、その日の午後に息子の診察の予約を取り付けた。

問診の後、晴哉はＭＲＩでの検査を受けた。検査の最中、操作室で写し出される映像を眺めて高木は眉をひそめた。彼の右側の前頭部に明らかな異状が見られた。

「これは何かな」

首を傾げる高木の横で、

「腫瘍です」

同じ脳外科医の金井がいった。

「とすると何物かな」

「それは直接調べないと何ともいえません」

「しかし彼は前に髄膜の腫瘍をやっているのだよ」

「あれとこれとでは場所が違います」

「とすると」

「まあとにかく、じかに調べなくては」

「君も彼の父親が誰かは知っていたよな。これは父親にじかに伝えた方が良さそうだ」

「でしょう」

「明日にでも来てもらうよ」


翌日来院した大石判事に高木が差し向かいで打ち明けた。

「実は御子息の病名がわかりました。決していいお知らせではありませんが、落ち着いてお聞き取りください。晴哉君の病気は脳に新しく出来た腫瘍です」

告げられて絶句し、のけ反る相手に、

「しかし今の時点で判明して良かったと思ってください」

「どんな腫瘍なのですか」

「それはこれから調べます。ただし場所からしてどうもこの前のように質のいいものではあり得ません」

「ということは」

「こうした後発性の腫瘍は一種の癌です。といっても慌てないでいただきたい。今の時代では治療の方法は沢山あります。ほぼ完治する例も多くありますから」

「ほぼ、ですか」

「この種の脳腫瘍はグリオーマといいますが、性格の段階は幾つかありましてね。それは直接採取して調べないとわかりませんが」

「直接採取とは」

「あり体にいえば頭に穴を開けて腫瘍の細胞を取ってみます。しかし何だろうと厄介な相手だということは確かです。あなたにせよ息子さんにせよショックではありましょうが、どうか落ち着いていただきたい。そして現代の医学を信じてください。私から申し上げるのはそれだけです」

「わかりました」

いった後、判事は唇を結びなおし大きく頷いてみせた。その彼の頭に閃いて思い出されたのは、一年前に担当した殺人事件の被疑者に死刑の判決を言い渡した時の己の心境だった。


その翌日の午後、大石晴哉は緊急入院し高木院長立ち会いの内に執刀検を受けた。まず右目上の髪の生え際僅か上に直径五センチ程の穴を開け、患部の脳細胞の一部を取り出し即刻病理の検査に回された。背後で見守る院長たちの前で顕微鏡を覗いた検査医が首を傾げて振り返り頷いてみせた。

「どうだね」

「まあご覧になってください。どうもこれは質の悪いものです」

顕微鏡に映しだされた腫瘍の細胞の中心に普通の細胞には見られぬくすんだような黒い斑点が見られた。

「ね、これは間違いなく悪性なものです、恐らくグリオブラストーマでしょう。しかし患者の容体からしてまだステージ1というところでしょうが。間違いなく悪性神経膠芽腫《こうがしゅ》です」

いわれて高木は思わず腕を組み嘆息した。

「さて、親には何と伝えるものかなあ」

「嘘をついてどうなりますかね。相手は裁判官です、嘘をついたら有罪です」

外科部長の相沢がいったが、きわどい冗談にも笑う者はなかった。

「今までこの症例に関してのうちでの手術の記録がどこかにあるだろうかな」

思わずいった高木に、

「そんなことをいって相手が誰だろうとやる事をやるしかないでしょうが」

挑むように相沢がいった。

「しかしこれは厄介だなあ、聞くところ当人は物凄く有能な宇宙科学の人材だそうだよ」

「誰だろうと皆同じ人間じゃないですか。となれば、やるべきことは決まっている筈です」

相沢にいわれて高木も頷くしかありはしなかった。

その日、大津泰三は神戸に荷物を運んで午後五過ぎに興和運送の本社に戻った。その彼に配車主任の片山が声をかけてきた。

「おい悪いが、これからもう一仕事してくれないか。くたびれているのはわかるがうちも手薄でなあ。運転のローテーションがどうにもきかなくてね」

「どこへですか」

「仙台だよ。その代わり大型じゃなしに、こっちは四トン車ですむ荷物なんだよ」

「これから仙台へですか」

「頼むよ。その代わり悪いようにはしないから」

「どういうことですか」

「あんた、確か契約じゃなしに正社員になりたいということだったよな」

「ええ、そりゃなんとか」

「あんた、うちへ来だしてからどれくらいになるかな」

「もう八年ほどですかね、だからなんとかと思ってますが」

「わかった。あんたはいつも良くやってくれてると俺も思っていたからね、今度一人定年で辞める者がいてね、その分をなんとかと社長に計ってみるよ。いっちゃあなんだが他の連中に比べて仕事は確かだしな。契約の連中には勝手に休む奴も多くて手を焼くことも多いんだよ。その点あんたならと俺も日頃思っていたんだ」

「それは有り難いです、是非なんとかお願いします。私も今まで運が悪くって仕事も転々としてましたが、ここらでなんとか落ち着いてと願ってました。子供も来年は中学に進みますしね。正規にしていただければ有り難いです。なんとかお願いいたします」

「わかった、なんとかするよ。正規になれば社会保険もつくし、そりゃいろいろ都合のいいこともあるしな。それでだ、帰って早々で疲れているだろうが、この急に入った仙台行きだがなんとか頼むよ。うちも小さな所帯で火の車なんだ」

「わかりました、行かせてもらいます」

「頼むよ。まあ無理はしないで行ってくれよな」


いわれて泰三はコンビニで買い込んだ弁当をかきこみ、近くの薬屋で眠気覚ましのドリンクを二本仕入れて飲みこみ、荷積みされたトラックの座席に座りなおした。

夕食をかきこんだ後の満腹感に重ねて神戸まで往復の疲れはあったが、この仕事を引き受ける前にあの配車主任の片山がいってくれたこの自分を正規に雇いなおしてくれるという言葉に胸が弾む思いだった。期限つきの契約社員と正規の社員の待遇の格差は片山がいった社会保険のもたらす恩典だけではなしに、心に大きなゆとりをもたらしてくれる筈だった。

会社での人前では憚られたが、途中のサービスエリアで妻の政江に携帯電話で自分がこの旅の後いよいよ正規の社員に登録されそうだと告げてやった。泰三は知らぬ間に鼻歌をもらしていた。


その日の夕刻、青木幸一郎の一家は長旅の準備に忙しかった。連休を利用して幸一郎の仙台の実家を久し振りに訪れ、彼の父親の米寿のお祝いに家業を継いだ弟や青森に嫁いだ妹の一家が集まり、久し振りの一族再会の予定だった。

車は幸一郎が運転し疲れたら妻の芳江が代わる予定で、子供たち二人は後ろの席で家を出た。予想はしていたが、連休のこととて幹線道路は渋滞続きで岩槻を過ぎた辺りで幸一郎が判断してカーナビを頼りに山沿いの脇道に入った。

それでもなお脇道は幹線を避けた車でかなりの混みようだった。そして二十分ほど走った頃、突然の渋滞となり車を止めて道に降り立ち前を眺めたら、かなりの車が立ち往生していた。前の車から降りて前を眺めている男に尋ねたら、この先で二輪の転倒事故があり、警察が事故調査のために道路を封鎖してしまっていて動く気配がないという。

運の悪いことに青木の車は渋滞の最後尾に止められた様子だった。

大津泰三の運転するトラックは東北自動車道の渋滞を見越して岩槻で山際の一般道路にそれて走っていた。しかし岩槻を過ぎた頃から前日からの神戸往復の疲れが出てきて眠気がさしてきあくびが止まらず、前にもあった経験から用心をし睡魔を防ぐために、ある地点で道脇に車を止め少しの間座席で仰向きになって仮眠を取ることにした。

眠りはすぐに訪れ、そんな姿勢のまま熟睡してしまった。夢を見ることもなく眠り続け、目が覚め車の時計を確かめてみたら思いがけずに一時間以上眠ってしまっていた。慌ててセルを回しエンジンを始動させギアを入れ直した。このままだといわれていた仙台の配達先に時間通りに間に合うかどうか瀬戸際だった。眠気ざましに迂闊だった自分の頬を叩いて車を加速し、曲がりの多い山の脇道を懸命に走った。

走りだしてから三十分ほどしてかなり長い上り道を走りきり、その先の長い下りの大きなカーブを加速のついたまま際どくハンドルを切って下りきった瞬間、突然目の前に渋滞で止まったままの車があった。夢中でブレーキを踏み付ける間もなく下り道で加速されたトラックは八十キロほどの速度のまま、斜め後ろから止まっていた乗用車に激突した。

荷物を満載したトラックの激突の衝撃で前の車は道路脇のガードレールを突き破り道脇の小高い崖を越えて転落し、崖下の立ち木にぶつかり衝撃で二つに折れて止まった。

彼らの前に止まっていた車の者たちが警察に連絡し、さらに転落した車の中に閉じ込められていた怪我人たちを運ぶ救急車が現場に到来したのは明け方近い頃だった。
後ろの座席にいた子供二人は打撲と切り傷ですんだが、運転していた男とその隣の席にいた母親らしき女はかなりの重傷で、特に男の方は頭を挫傷して、二人とも意識がなかった。運び込まれた岩槻の病院の当事者は患者を見て首を振り、ここでは手のほどこしようがなく、東京のしかるべき大病院に救急ヘリで搬送し手術するしかないと告げた。

運び込まれた怪我人を見て中央救急病院の救急部長の梶山は眉をひそめた。男の患者の頭の挫傷はかなりのもので腹部の傷も深く、外見からしても肝臓がかなりの傷害を被っているのがわかった。立ち会った医師たちの中で内科部長の有吉はまず腹部への手当てを主張したが、外科部長の相沢はまず頭部の挫傷への手術を言い張った。いずれにせよ二人の怪我人の態様は深刻なもので、搬入までの時間の経過からしても事態は険悪に思われた。

「報告では同じ車に子供二人がいたそうだが、子供たちは打撲と骨折ですんでいるそうだ。とすると彼らのために親のどちらかを必ず救うかということになるな。男の方はまず頭から行こう。頭が駄目になれば何もかもということだよな」

梶山が言い切り全員が頷いた。左側頭部の挫傷はかなり深くに及んでいた。

「これは死なずにすんでも、かなりの障害が残るだろうな」

ドリルで開いた頭部の骨を被せなおし縫合を終えた後、周りを見回し執刀医の小淵が肩をすくめながらつぶやいた。

母親の芳江の破裂した腎臓はなんとか修復され、その日の午後には意識が戻った。

目を見開き、

「子供は、子供は」

口走る彼女につきそった看護師が、

「大丈夫よ。怪我はしたけれどお子さんたちは別の病院で元気でいますよ」

告げられて頷いた彼女の目から激しくあふれる涙を看護師は頷き返しながらそっと拭ってやった。

「あの人は、彼は」

質す相手に、

「大丈夫、御主人も助かりましたよ。だからあなた安心して休みなさいな」

告げられて頷くと彼女はそのまま深い昏睡に落ちていった。


夫の怪我は尋常なものではなかった。頭の挫傷のせいで当人の意識はなく、衝突転落のショックで脳は腫れ上がっていい、それを防いでまず命を救うために頭蓋骨を開いて脳圧をゆるめ人工呼吸器で呼吸を助け、開いた頭の穴は人工骨で塞ぎブリッジで繋ぎ捩子《ねじ》で固定するという大作業となった。それでも患者の昏睡は続き、二週間過ぎてようやく目を開いた当人に医師や事故の調査のために立ち会った警察官が話しかけても反応がなかった。

さらに十日たった後に話しかけた担当医師に問われても彼は自分の名前を名乗れず、巻き込まれた事故の記憶も忘れていた。

さらに一月近くかけてのリハビリ作業の甲斐もなく青木幸一郎の記憶は全く失われたままだった。

妻の芳江に付き添われ退院していく彼を玄関まで見送った後、

「人の運命を決めるのは何なのかを、私たちが考えても詮ないということか」

立ち会っていたスタッフに告げるともなしに院長の高木が呟いた。

青木一家が東京の家で再会出来たのは家を離れてから三月してからのことだった。

息子の辰夫の腕の骨折はなんとか繋がり、娘の尚子の打撲による顔の痣もなんとか消えてはいた。しかし家長の幸一郎は言葉を失い、子供たちを抱き締めはしたが、その名前を呼ぶことは出来なかった。

青木一家の車に追突した興和運送の運転手大津泰三は過失運転傷害で起訴され懲役一年半の有罪となり、会社は一千万円の損害賠償を負わされた。

退院してすぐに晴哉は包帯を巻いた頭に毛糸の帽子を被って大学の研究室に出向いていった。そんな彼を仲間は歓呼して迎えてくれた。彼の不在で停滞していた新プロジェクトは、これでまた拍車がかかりそうだった。

前回打ち上げられた観測衛星は静止衛星で、強力な探知能力で宇宙の謎の存在のブラックホールの探知まで可能な筈だったが、滞在していた地上三万五千キロ並の衛星軌道の高度にはいわゆる宇宙ゴミが多く、その何かに衝突されて地上への通信能力を損なわれた可能性が高く、今回の試みはその高度を越えた宇宙の奥で観測を続けるための太陽光線を摂取してのエネルギーで障害物を感知し自分で位置を変える能力も備えた極めて高性能な人工衛星と、それを従来の衛星軌道をはるかに越えた宇宙の高みまで運ぶ強力なロケットの製作という未曽有のプロジェクトだった。

そのためにロケットには従来の物を上回る六基のブースターが備えられ、それをバランス良くコントロールするためには高度な技術とそれを担保する緻密な計算が必要とされていた。

政府の主宰する宇宙開発公団がこのプロジェクトを発表した時、人類にとってまさに初めての試みに世界中が驚き注目せざるを得なかった。

かつて第二次世界大戦の最中、世界に先んじて原子爆弾を開発したオッペンハイマーをトップに据えたマンハッタン計画の中で彼らが腐心苦労した課題の一つは、リトルボーイと呼ばれていた巨大な球形をした爆弾にとりつけられた数十の起爆装置を六万分の一の秒差で作動させるための複雑な計算を誰が受け持つかということで、優れた数学者の多くが参加させられたものだった。

ということで名古屋大学の高名な数学者・棚網教授にその作業が依頼されてい、東大内の研究室と名古屋とのいわば連絡将校に晴哉が選ばれていた。彼の入院中にも名古屋での作業は進められていたが、その作業の評価をする卓抜な能力は彼にしかなく彼の健康の挫折は新しいプロジェクトそのものの挫折にも繋がりかねぬものだったのだ。

久し振りに顔を合わせた晴哉を棚網教授は歓迎してくれ、彼が病気で暫く休んでいたことも聞いていて一応の快癒と聞いて喜んでくれた。そしてその後の開発プロジェクトの進展ぶりを質すために彼を大学近くのレストランでの夕食にまで誘ってくれた。その席に教授の新しい秘書を同伴させたが、初めて会ったその秘書は晴哉が驚くほど綺麗な顔だちで聡明な女性だった。何より彼の心を捕えたのは彼が関与している新しい宇宙開発の計画にその若さにしては異常なほどの関心を示し身を乗り出すようにして耳を傾け、教授が依頼されている計算との関わりについて彼女自身も数学に精通しているのを証すような質問をしてきて彼を驚かせた。

帰りの列車の中で彼が感じていた充足感は、教授に依頼していた計量計算の成果だけではなしに、思いがけずに同席した教授の教え子らしい新しい秘書の印象の余韻もあった。教授との面談の報告をしながらそれが計画の可能性への大きな啓示になりそうなのを喜びながら、それに添えてあの新町礼子という教授の新しい秘書の強い印象を思い出さずにはいられぬ自分に驚いていた。

次の日、彼は心ときめく思いで棚網教授に昨日の礼の電話をかけ、それを取り次いでくれたあの新しい秘書にもくれぐれの礼を述べ、思い切って我がプロジェクトに関心があるなら一度是非東京の研究室に来てはみないかと誘いまでしたものだった。その誘いに彼女も弾んだ声で応じてくれたのに彼は満足し、心ときめいている自分に驚いた。

そして受話器を置いた後、突然この思いが生まれて初めての恋なのかもしれぬと覚《さと》っていた。

その知覚はそう覚るとにわかに甘美なものに感じられ、今まで味わったことのない幸せな予感に彼をひたらせた。そう感じれば感じるほど身動き出来ぬほど彼女を忘れることが出来なくなった。そんな自分に彼自身が驚くほど今までの自分に何かが欠けていたように強く感じられてしかたなかった。

そんな焦りのまま彼は周りに偽って、ことさらの問題を抱えたふりをして何度か名古屋に出向き棚網教授と面談し、彼女を眺めることで安らぐことが出来た。

そうしたあげくにある夜、彼は家での夕食の後、突然に両親の前で結婚したいと言い出した。息子の唐突な申し出に驚いた父親が訳を質し、彼は率直に訳を話した。

彼の恋愛の相手の素姓を確かめ、父親は納得し母親も頷いた。

「それはいいじゃないか。一体どういうことかと思ったが、そういう相手なら私は賛成だな。それなら相手の方の意思も質していただくように私から棚網先生に打ち明け、お願いしてみようじゃないか。

お前もまだ若いといえば若いが、並の者以上の仕事を手がけているのだし前途も十分にあると思っている。聞いたところ相手の方もお前にとって十分釣り合いのとれた人のような気がするな。善は急げというから私が棚網先生に会って事が上手く運ぶようにお願いしてみようじゃないか。見たところお前はこうしたことには余り器用とはいえそうにないからな」

　突然言い出した父親に晴哉は驚き見返したが、相手は笑って頷き返し、母親も頷き夫に向かって手を合わせてくれた。日頃仕事柄物事に慎重な父親の思いもかけぬ申し出に彼も驚き、食卓に手をついてただ頭を下げるしかなかった。


　驚いたことに大石判事は翌々日約束を取って名古屋に出かけて棚網教授に面会して息子の求婚を申し出て、その場で教授の快諾をとりつけ、後は教授が事を彼女に取り次いで彼女の意思を質してくれるとのことだった。今までの経緯からしても晴哉の能力を高く評価してくれていた棚網としては、これは彼女にとっても大層結構な縁だとまでいってくれたものだった。

　そして翌々日の夜、大石家に棚網から電話があり、新町礼子もまたこの申し出を喜んで受ける意思があるとの報告があった。事は思いもかけぬ速さで進み、翌月の吉日を選んで名古屋のホテルで棚網の仲立ちで大石、新町両家の両親が顔を合わせ正式に婚約が交わされた。その席で結婚は、二人それぞれのさまざまな準備のためにも一年先の両家見合いの同日に棚網を媒酌に立てて東京においてと決められた。

公団による宇宙開発の新プロジェクトは順調に進み、打ち上げは半年先の五月に設定された。すでに組み立てられたロケットには世界では画期的に六基のブースターが取り付けられ、後は一月先に完成される筈のこれも画期的な自動制御能力を備えた新型の観測衛星が装填される予定だった。

その装填装置の下見に派遣された晴哉は思い切って婚約者の礼子を同伴に誘ってみた。打ち上げの当日には間近な現場で立ち会う予定の棚網教授もそれを聞いて彼女の出張を許してくれた。

そして二人して赴いた現地の種子島の公団関係者用の粗末な宿の一室で、その夜二人は初めて結ばれたのだった。

翌日案内されて赴いた現場で、そびえ立つ巨大なロケットを仰ぎ見ながら彼の腕にとりすがって感嘆の声を上げる彼女を見やり、彼は昨夜の出来事の中で間違いなく彼女にとって初めての破瓜《はか》の体験に悲鳴を上げながらとりすがってきた相手の思いがけぬほどの変容に、彼自身も自慰の経験はありはしたものの自分が初めて獲得したものの素晴らしさに、自分が関わった巨大な建築物を仰ぐよりもはるかに強い体の痺れるような満足を感じ続けていた。

しかしその至福を覆す異変が帰京して間もなく起こった。短期での慌ただしい長旅の疲れとも思われたが、家に戻って慣れたベッドで長く眠りはしたものの翌朝妙に頭が重く、それを堪えて出かけた研究室で旅の報告をすませて自室に戻る途中突然目がくらみ、廊下を歩きながらよろめいて躓き横に倒れて廊下の壁で頭を打ってしまった。早目に家に戻ったが、家の中で平衡感覚が薄れ物に躓いて転び、手で支えた襖を破ってしまった。

戻ってきた父親は母親の喜美江から様子を聞いて眉をひそめ、翌日すぐに中央救急病院の院長に電話し息子の状況を打ちあけ診察を依頼した。

依頼を受けた高木院長は来院した晴哉をすぐCTスキャンとMRIの検査に回し、上がってきたデータを眺めて眉をひそめ、すぐに入院を命じた。

そして父親の大石判事に電話し、事の重大さを率直に告げた。

「どうもこれは御子息の頭に厄介なことが起こっているようです。入院されて慎重な検査が必要と思われますが」

「頭に厄介とは」

「前にも一度髄膜の腫瘍を取りましたが、今度はどうもそれより厄介かも知れません。もっと深い所に何かの異変があるようですがね。とにかく綿密に調べぬことには」

「綿密にとは」

「場合によれば一度頭を開けて中をね」

電話の向こうの相手が絶句する気配があった。

その日、大石晴哉の脳腫瘍の摘出手術は高木院長立ち会いの元で行われた。執刀の医師は若手の一番腕のたつ金井が受け持った。全身麻酔の元で外科用のドリルが激しい音を立て患部に近い頭蓋骨を切り開き患部に向けて蓋を開けた。さらに脳を包んでいる硬膜を切り開き、あらかじめ超音波で当たりをつけていた部分に向け他の脳を傷つけぬように慎重に脳を掻き分けて患部を探す。これは極めて厄介な微妙極まる作業で、その訳は腫瘍が発生の初期の段階ではどの脳も大方同じ色あいで、なかなか患部の見分けがつきにくい。金井を囲むスタッフが息を詰めて見守る中で暫くして、

「ありました」

金井が顔を上げて囁いた。

「で、どんなだ」

「間違いなくこれはグリオーマです。しかし拡大はしていません。これならステージ1というところでしょう」

金井に促され患部を覗きこんだ高木が、

「しかしこれから先はわからんよ」

「まあ物が物ですから。どこまでやりますか」

「切除は最小限にしておけよ」

いわれて頷いた金井は慎重にメスを構え、見えている限りの腫瘍の切除にかかった。


手術を終えた後、間もなく麻酔から醒めた晴哉は呼吸補助のために取りつけられていたチューブを外され、酸素マスクだけをつけたままストレッチャーに乗せられて病室に戻されてきた。

待ち受けていた両親が怖々とりすがりはしたが、そんな二人に彼は笑って頷き返したものだった。

付き添って戻ってきた高木が、

「大丈夫です。無事にすみました。病気もそれほど進んではおらず安心なさってください」

両親に告げると父親の大石徳次郎は涙を浮かべて両手で高木の手を握りしめた。

「これでこの先この子はどうなるのでしょうか」

「手術の後はある期間抗癌剤と放射線の治療を続けますが、それもそう長くはなしに一月ほどで終わる筈です。その後はまた大事なお仕事に戻っていただけると思いますよ」

いわれて息子を振り向くと、

「良かった、おい良かったなあ。また大切な仕事に戻れるそうだよ」

涙を浮かべて大石判事は高木に向かって何度も深く頭を下げてみせた。

息子の晴哉が退院してから十日ほどしての夜、書斎に妻の喜美江と彼を呼び寄せ、大石は緊張した顔で押さえた声で切り出した。

「いいかい、二人とも落ち着いて聞いてくれ」

言い出したその手には昼間、新町礼子から届いた息子宛の分厚い手紙が握られていた。

「これはお前宛に今朝届いた礼子さんからの見舞いの手紙だよ。もちろん開封なんぞしてはいないが、中身はよくわかる。お前の退院を知ってのことだろう。お前も入院中に彼女に電話などしていろいろいきさつを話していたことだろう」

何か言いかける息子を手で制して、

「いいか、私のいうことをよく聞きなさい。これは誰でもない、お前とあの人のためにいうのだよ。お前は自分の病気のことをよく知っているのかね。私はお前の親として私なりにいろいろ調べ、周りにも質してみた。もちろん高木さんにもだ。これはお前の咎でもない、むしろお前を生んだ私たちの責任かも知れないな」

「お父さん何をいいたいんです」

「まあ黙って聞いてくれ、私としてもつらいことをいうつもりでいるのだよ。お前も感じているだろうが、お前の病気はかなり重い、というか私にも恐ろしいのだ。それがいつ再発するかは誰にもわからない。実はお前もそれを恐れているだろうな」

「あなた、何をおっしゃりたいのよ」

咎めていう喜美江を手で制すると、

「私はお前とあの人のためにも考えていうのだ」

「何をですか」

「だから聞きなさい。お前はあの人を傷つけてはいけないよ。お前があの人を愛しているならいっそうのことだ」

「だから何を」

「お前も男だ。立派な素晴らしい男になってくれた。私は親として嬉しいし誇りに思っている。だからこそだ」

「だから何を」

「だから結婚は延ばしなさい」

「あなた何を」

叫ぶ妻の口を塞ぐように広げた掌を上げると、

「もう少し病の様子を見るのだ。それがあの人へのお前の責任だし愛だと思うよ」

絶句して見返す息子を潤んだ目で見つめると、

「あの人にも将来がある、親にもあるのだよ。だから待って自分を見直し考えることだ。それがお前の男としての責任だと私は思う。私も恐ろしいんだ。お前もそうだろうが、だからこそそのことだ」

「なら、どれほど待てというんですか」

「それはお前が決めることだ。あの人の責任では決してないと思う。お前が関わっているあのロケットの打ち上げは何時になるのかね」

「後一年は先でしょうよ。それが僕の結婚とどう関わりがあるというんですか」

「ものには切りというものがあるだろうに」

「あなた何故そんなにむごいことをおっしゃるの」

「わかりました。僕だって怖いんです。僕だって自分なりにいろいろ調べもしたが、本当に怖いんだよ」

叫ぶと晴哉は突然声をたてて泣き出した。

そんな息子の肩に手をかけてさすりながら、

「わかった、それでいいんだよ。私から棚網先生に訳を話してそう伝えてもらうことにしような。私にとってもつらい判決なんだよ」

涙を浮かべながら判事はいった。


その日、中央財団理事長の檜山創一郎は妻が彼女の実家筋の法事に泊まりがけで三日ほど不在のため、無聊《ぶりよう》をかこって散歩に出た。

妻の不在には慣れてはいたが、明日の理事会にかかる厄介な議案には彼自身異論というか疑念があり、いまだ判断がつかずにいた。中央財団は数年前、政府がつくった新しい法律によって誕生した東京、大阪、横浜、沖縄の四ヶ所に創設された国中に眠っている千五百兆円を超すという個人資産を引き出し循環させ、低迷している消費と合わせて観光を喚起させるために創設された大規模なカジノを一括して管轄する公益法人を支える財団で、初代の理事長にかつて警察庁長官を務めていた檜山があてられてきた。

それによって今まで国中に氾濫していたパチンコ店は淘汰されたが、それに代わる各地方での庶民性のある娯楽の需要に応えるために、それぞれの地方の盛り場、例えば有名な温泉地の再生のために、ある規模を持つ旅館やホテルの中に小規模のカジノを設けさせるという案が浮上してきていた。

確かにアメリカなどでは土地を奪われた先住民アメリカインディアンたちのために彼らのテリトリーに小規模のカジノが設けられ、彼らの生活の補助としてはかなりの役に立っている現実例もありはしたが、檜山としてはパチンコ店の淘汰によって資金源を断たれた地域の暴力団の蘇生にもつながりかねぬという懸念から反対の思いでいた。

しかし世界中での混乱が続き、それにつられて外来の観光客も減り、消費が今一つ進まぬ現況の中でカジノのさらなる拡散普遍を計るべきだという声が財団幹部の中で高いものがあった。特に副理事長の大野たちは檜山の懸念反対を時代にそぐわぬものとして檜山への批判を強めてもいた。

彼らにして見れば檜山は財団の創設者としての自負が強すぎ独善の傾向が強くもう時代遅れという観もあり、定年のない財団のためにももうそろそろ引退を望む声もちらほらあるという事態もあるということは檜山自身も知らぬところではなかったが、彼としても創設者としての自負もあり財務省から回されてきた副理事長の大野以下警察実務の経験のない幹部たちには、仕事の性格上、何時隙をついて浸透して来かねぬ裏社会の勢力への配慮の能力に不安もあった。

そうした現況の中での明日の理事会の結論は予測がつかず、檜山にとって思うに鬱陶しいものではあった。

寒い日だったが夕刻思い立って厚手に着込み、いつもの小一時間ほどの散歩に出かけていった。

しかし玄関でいつも履いて出る散歩用の靴の紐を結ぼうとしたが、何故か上手く蝶々結びには結べない。首を傾げそのまま堅結びに結んで出かけたが、外の気温が思った以上に冷え込んでいて途中で諦め、道すじをはしょって家に戻ることにした。しかし慣れぬ道を選んだために見当をつけた路地が思った通りには繋がらず、見知らぬ路地の四つ角で立ち往生してしまった。

呆然として突っ立ったままでいた彼を通りすがりの誰かが不審に見えたのか、

「どうかしましたか」

かけられた声に道を尋ねるのも忌々しく遠回りを覚悟して歩きだし、それでも予定以上の時間を費やしなんとか家にはたどりついた。

そして玄関でもう一度念のために一度解いた靴の紐を結びなおしてみたが、何故か依然として出来はしなかった。そして何か故の知れぬ不安が胸に兆してきた。

部屋に戻り念のために助成している中央救急病院に誰か医師をと頼んだら、名乗った名前を聞いて驚いた者が高木院長に取り次いだ。

相談の概略を聞き取った高木が押さえた声で、

「それは危険です。とにかくすぐにこちらにいらしてください。いいですか、すぐにですよ。決してそのまま床に入って休んだりしないでくださいよ。お願いしますから、とにかくすぐにおいでください」

何故かきつく言い渡した。

自家用の車の運転手は妻が不在で檜山も出勤しておらず休ませており、女中に言いつけ妻がいつも使っているタクシーを呼んだ。

待ち受けていた院長は何もいわずにそのまま檜山の着ているものを剝いでＭＲＩ室に送り込んだ。

装置から解放されて出てきた檜山に、

「いいですか、このまま入院していただきます」

言い放った。

「一体どういうことかね」

「きわどいところでした。脳梗塞を起こしておられます。このまま家でお休みになったりしておられたら取り返しのつかぬことになっていたでしょう。運がいい、というよりご立派でしたよ、自分で気づかれてね」

案内された病棟の奥の一室に導かれ有無をいわさずに乗せられていた車椅子から降りてベッドに向かって歩こうとした時、檜山は立ち上がって両足で立とうとしながらどうにも平衡のとれぬ自分を悟っていた。

付き添ってきた高木院長をよろめきながら振り返り、

「これはやっぱり、そういうことなのかね」

いってみたが、何故か口がもつれて言葉が出なかった。

理事長の突然の入院欠席を檜山の秘書から報された副理事長の大野は驚いてすぐに中央救急病院に電話し、院長の高木に檜山の様子を質した。何故か院長の返事はにべもなく、

「それはここではにわかに申し上げられません。どうしても必要ならば貴方お一人にじかに申し上げたいと思います」

「それはどういうことかね」

「だからその通り、それだけのことです。おいでいただければ御理解いただけると思いますが」

「容体は重病なのかね」

「それもその時にじかに申し上げたいと思います」

院長の返事はにべもなかった。

いわれて大野は昼飯も待たずに病院に駆けつけ、檜山との面会はかなわぬまま院長室に案内された。

「病気は重いのかね」

「重いです」

鸚鵡《おうむ》返しに答えが返った。

「一体何なんですか」

「脳梗塞を起こされました」

「それで」

「それもかなりのものと思われます。おそらく今後のお仕事にもかなり支障をきたされると思われます」

「どうして」

「梗塞はかなりのものでして、左の頭に起こっています。ということは今後言語に障害をきたすでしょう。つまり大事な会議とか講演には大きな支障をきたすものと思われます」

「つまり仕事への再起は難しいということかね」

「まさにそういうことでしょう」

「なるほど、そういうことになるのかねえ」

慨嘆して肩をすくめる相手の顔に薄い笑みがこぼれるのを高木は確かめ、思わず相手を見直した。

半月ほどして病院をふくめての財団の関係者に檜山理事長が病で倒れ、名誉理事長として留まり後任に大野副理事長が就任したという通知があった。

大石徳次郎はある時、日を選んで中央救急病院の高木院長を綱町《つなまち》の一角にある法務省が特別の接客のために構えている目立たぬ料亭に招いて面談した。かねて気がかりでいた息子、晴哉の病の展望について親として率直な意見を質しておきたいと思ってのことだった。

話の前に彼は自分の男親としての心情から息子の結婚の延期を敢えて息子に計ったことを告白してみせた。

それを聞いて相手もたじろぎ、まじまじと大石を見返してきた。

「ですから、この際貴方の専門家としての率直な御意見をうかがって家族としての心の備えをしておきたいのですよ」

身を乗り出し正面から見つめて質してくる相手に怯みながら、勧められるまま手にしていたグラスを思わず元にもどすと一息いれて高木は相手を見直した。何かの証言をもとめられてどこかの法廷にでも立ったような思いがしたが、気を取り直し微笑しながら、

「医師といってもその専門性には限度があるものなんです。人間の体というのは不思議なものでしてね、何がそれを司っているのかつくづく不思議なことがありますからね」

言いかけた相手を塞ぐように、

「いや先生、遠慮はなさらずにあくまで医者として、それも専門の脳外科医としての経験の上でおっしゃっていただきたいのです。私も法律家という医学の門外漢ではありますが、人の子の親としての関心でいろいろ素人なりに調べたり聞き回りもしまし

た。しかし貴方は直に息子を診られた専門家でいらっしゃる。ですからこそ敢えてこうして失礼を承知で無理といえば無理なおうかがいをする訳です。あの子には結婚も含めてあの子なりの将来があります。それにあの子の手がけている国のための大切な仕事もあります。それに期待する周りの人たちも多い。そしてこの私もです。故にもあらかじめの覚悟というか心の備えも必要なのです。そのためにも一番身近な専門家でいらっしゃる貴方の御意見というか、見解をうかがっておきたいのですよ」

身を乗り出していう相手にたじろぎながら、

「見解といわれると困りますな」

「予測ですよ。あの病気は再発する可能性が高いのでしょう。とすれば後どれほどの事になるのでしょうか」

「いやそれはにわかにはいえません。たしかにその可能性がないとはいえないが、とにかくああした病がなんで発生するのかもまだわかってはいないのですよ。すべての癌についても同じことなのです。一概にＤＮＡなどというが、ならばそのＤＮＡが何によって決まるかということはそれは神様にしかわかりはしますまい。これは決して医者の言い逃れではありません。だからあなたの御子息のこれからにしても誰にも確かな予測などつきはしません。ただ過去の事例から割りだしてのことでしかあり得ません」

「ならばそれで結構ですよ。再発するとすればどんな予兆があるのでしょうか」

畳み込んで問われ、腕を組みながら、

「それはまあいろいろあるでしょう。それも人によって異なりましょうが」

「どんなですか」

「今までの事例では、まず痙攣《けいれん》、それも人によっては全身の、あるいは部分的なものも。それに幻覚」

「幻覚」

「そういう事例もありました。しかし当人にはそうした事例について周りから決して問い質したりはしないことです。御心配はわかりますが、ただ注意深く看取っていてあげることです」

いわれたまま大石夫妻は互いに言い合わせて息を殺す思いで息子の様子を見守り続けた。手術の甲斐あってか、晴哉の健康は一年近く平穏に過ぎている様子だった。

彼が関与している新規の宇宙開発計画は順調に進展してい、本体のロケットはおおよそ完成に近く、後はそれが宇宙の遠くに運び上げるプロジェクトの本体たる、従来の観測衛星よりもはるかに高い宙空で未曽有の観測を行うための新型衛星本体の完成が待たれているところだった。

前回のように宇宙ゴミの多い航路を避けた高度において、前回の観測衛星の地上への情報伝達が絶してしまった理由が定かならぬまま宇宙に漂流する多くの研究のための廃棄物の衝突を想定して、それを感知して自力で避けるための動力、つまり太陽の光をソーラーパネルで吸収し蓄積してそのエネルギーで衛星自体が飛行の航路を変更し衝突を避けた後にまた自力で軌道を正規に修正して飛行を続け、かつて世界を瞠目させた火星の周りの小さな衛星の砂を採取し、一度は通信途絶状態になりながら当初の予定の三年後に見事地球に帰還したあの「はやぶさ」のように、安定し正確な帰還を可能にする画期的な独立性を備えた衛星の完成が迫っていた。

この高性能の衛星の確実な操作には緻密な計算に依りたった操作方式が不可欠であって、その数式に則った操作マニュアルの作成こそが棚網教授との綿密な連絡によっての晴哉に負わされた肝心要の課題だった。いわばこの新規の宇宙開発プロジェクトの頭脳部分こそが晴哉の手の内にあったといえたのだ。関係者が現段階で最後に期待し待ちうけているのは棚網教授と彼との共同作業で出来上がってくる筈の、いわば新規の宇宙探索開発を運営するための基本的数値によるノウハウといえた。

そしてこれが晴哉の突然の発病で、その治療の期間遅滞させられることになった。彼の病の実態は伏せられていたが、その治療の期間、いわば核心の頭脳を欠いてしまった国家プロジェクトは頓挫し足踏みさせられるという体たらくとなってしまったのだった。そしてその責任を誰よりも痛感していたのは晴哉自身に他ならなかった。

微妙な誤差も許されぬプロジェクト運用のための数値マニュアルの完成は棚網と彼二人の厳密な合議精査にゆだねられなければ不可能な事柄だった。だから宇宙への画期的な挑戦に期待を込め胸をときめかす多くの関係者たちにとって棚網と大石晴哉二人の手の内にある高度な数式にまとめられる筈の数値マニュアルは、打ち上げられるロケットに積み込まれる血液にも等しい膨大な特殊燃料にはるかに勝るものだった。

それを知るが故にも晴哉にかかる責任は重苦しく、それに堪えながら彼の最後の追い込みとしての名古屋まで出向いての棚網教授との合議会談の頻度はかさみ、二週続いて一日置きという様にまでなりもした。

そのために当然彼の疲れは増した。頭重感《ずじゅう》が増し時折軽い目まいがし、そのせいか歩く時平衡感覚が僅かに狂ってよろめいたり、椅子から立ち上がり他の仕事場へ打ち合わせに移ろうとする時足がふらつき、近くの机に手をやり体を支え直すことがままあるようになった。

晴哉を不安にしたのは過労のせいかどうか目に明らかな異常な現象が起きるように

なったことだ。何かの折、目の中に時折今まで経験したことのない閃光のようなものが突然走って驚かされた。それは形の定かでない、今まで見たこともない北極の空に現れるオーロラのようなもので、頭の中にかぎって起きる。一瞬ではあったが、なんとも不思議な光の現象で出来れば何かの機械にでも再現させて同僚にも観賞させたいくらい奇妙な映像だった。オーロラならば他人と一緒に語って観賞も出来ようが、彼一人が目にするというより、頭の中で彼だけが感じ取り彼一人で恍惚に近い状態の中でたった一人で受け止め陶酔に近い雰囲気の中で味わうものである限り、いくら近しい仲間にもどう打ち明けられるものでもありはしなかった。

新しい宇宙開発のプロジェクトはいよいよ完成段階に近づいてきていて、そのために彼の名古屋への往復は頻繁になり日毎に体の疲労がかさんでいくのが感じられ、それに加えて今まで以上に頭の中で起こるあのオーロラのような閃光の頻度が増してきた。それは他人に打ち明けて話しても理解の得られるような類の現象ではないと彼自身も知ってはいた。しかしなお彼を襲う幻覚はきらきらと輝いていて、それは見るというよりも頭の中に突然現出し、あくまで自分一人がそれを眺める瞬間に彼を捕えて襲う束の間の恍惚感はなんとも言い難いものだった。

ある日、彼は親には計らずに中央救急病院の高木院長に電話し、自分の体の現況について打ち明け、頭の中のオーロラについても報告してみた。

眉をひそめながらそれを聞き取った高木は有無をいわさずにすぐ明日にも来院するように彼に命じてきた。

来院した彼はすぐその場で着替えさせられ、ＭＲＩ室に送り込まれた。

二十分後現れた映像を目にして以前彼のグリオーマの除去を執刀した金井と高木は思わず顔を見合わせ頷き合った。晴哉が頭に抱えていた悪性の腫瘍は歴然として増長し、当初のステージ1をはるかに超えていた。それを証すように以前腫瘍を摘出した後に出来ていた脳の中の間腔を後発した腫瘍が埋めつくしていた。

「これは酷いな。すぐにも処置しないと手遅れになります」

高木を見返して訴える金井に、

「いやそれは駄目だ。この子には特別な事情があるんだ」

「何ですか」

問われて高木は彼の父親から聞かされていた彼が関与している国家的プロジェクトとの関わりについて打ち明けた。

「しかしこれは彼の命に関わる問題ですよ。その仕事のために医者としてもこの子を見捨てるというのですか」

咎めて言いつのる相手に、

「君な、人間には宿命というものがあるんだよ。この子には他の人間には絶対に出来ないだろう仕事をこなす力が与えられているんだ。彼自身もそれを承知し自負もしているると思うよ。聞いたところその大仕事ももう間もなく実現されるそうだ。それと相まって何を選ぶかは彼自身に決めさせるのが妥当だと思うがね」

「するともう手術はしない」

「それは彼自身に決めさせようじゃないか」

「じゃあこの検査の結果をなんといってやるんです」

「病気は少し進んでいるが、今のところ大丈夫だとしかいいようがないだろう。それは私の責任でやるよ」

「なるほど、まあ率直にいえばこれはもう助かりようもないケースですからね。とにかく今までやってきた治療だけは続けさせることにしましょう」

「まあそういうことだ。それなら当人も希望が持てるだろう」


その年の五月二十日、新規の観測衛星を打ち上げるロケットの発射がとり決められた。当日種子島の基地には大勢のメディアがこの歴史的なプロジェクトの成果を見守りにひしめいていた。

そして関係者たちのために設けられた特別席に棚網教授とその秘書の新町礼子の姿

も見られた。しかし棚網の協力者の大石晴哉の姿だけが見当たらぬのに気づいた教授が礼子に質したら、彼は少し健康を損なっているので東京の宇宙開発公団の特別室のモニターで見守るという連絡があったということだった。

午後二時十五分の定時にロケットに装置された六基のブースターは計算通り千分の一秒の狂いもなしに点火され、巨大なロケットは遥かな天空を目指して上昇していき、従来の衛星軌道の高度をはるかに上回る宇宙に到達し、新規の観測衛星が未曽有の宇宙情報摂取のために切り離された。

公団の特別室に設置されたモニターで固唾を呑んで見守っていた残留スタッフは全員立ち上がり、誰の音頭ともなく万歳の声がわき上がった。

その歓声と興奮がようやく収まった頃、誰かがふと今まで同じ部屋にいた大石晴哉に労いの声をかけようとして見回したが、何故かその姿が消えているのに気づいた。

そして間もなく玄関にいる守衛が誰かが屋上から転落して地上で死んでいると報せ

に来た。

驚いた何人かが地上に駆け降り、倒れていた者が思いもかけず大石晴哉と確認した。死体の無残さに眺めた者たちは立ちすくみ息を呑んだ。おそらく地上八十メートルの屋上から落下した者の死体は激突によって頭蓋骨は破砕し内部の脳が辺りに飛散していた。

そして念のために屋上を調べに上がった者たちは分厚い本の下に留めて置かれていた遺書を見つけた。

遺書の宛名は両親と婚約者の新町礼子三人に向けられたものだった。

『僕の勝手な選択を許してください。僕は結局病魔には勝てませんでした。この後僕はあの衛星が見つけるかも知れないブラックホールに向かいたいと思います。あそこでは物の質量が物凄く増して角砂糖一個が何トンもの重さになるといいます。あそこに行けば僕の人生も今までの数十倍数百倍のものになれるのかも知れませんから』

大学の近くの葬儀場で行われた大石晴哉の葬儀に高木院長も出席した。病院が手がけて亡くなった患者の葬儀に彼自身が出向くのは初めてのことといえたろう。晴哉が背負った病は誰が考えても厄介極まる、いわば不治なるものとはいえたが、父親から聞かされていた彼が携わっていた仕事の重さと、高名な法律家の父親が抱いていたかけがえのない息子への期待が彼の自殺ということで消滅したということの事実の重みが、病院の責任者であり彼自身も晴哉の病に関する専門家であるということからの、自責とはいえぬにしても何故か重く鬱屈した心象を拭いきれずに、謝罪などではなしに、ともかく彼の父親の大石判事に直接会って伝えたい何ともいえぬ胸の内があった。

式場には晴哉が携っていた仕事の関係者らしいごく限られた数の者たちが見られたが、中に一人、大石判事夫妻と並んで座っているうら若い清楚な顔立ちの女性を見て、彼女こそが大石から婚約を彼女のためにも延ばしたという件の婚約者と理解できた。

その彼女の楚々とした居住まいを眺めて高木はたじろがされる思いだった。

葬儀は簡潔に執り行われ、部外者の高木は皆に遅れて最後に献花を行い遺影の前に据えられた遺骨の箱に深々と頭を下げた。

献花をすませ遺族に一礼して過ぎようとした高木を、答礼した大石が呼び止めて脇にうながした。斎場の片隅に高木を伴って向かい合い、何をいっていいのか戸惑う高木に身を寄せ、彼の肩にそっと手をかけ押し殺した声で、

「いや、この度は本当にお世話になりました。あんなことになり、あなた方にとんだご迷惑をおかけしたことになり申し訳ございません」

「どうして、迷惑とはどういうことでしょうか、お詫びしなくてはならぬのは私たちですが。しかしどうか御理解いただきたいのは、あの病は今の私たちの技量ではどうにもならぬものでした。今の医学は残念ながら御子息が手がけられていたような技術の水準にはまだまだ及ばぬものなのです。それだけはどうか御理解願いたいものです」

「いや、それは私もよく理解しておりました。親馬鹿としてはあちこちの専門家に手を尽くし聞いて回りましたが、どなたの意見も同じでしたな。私としては十分覚悟し

て構えておりましたよ。誰の責任でもない、誰も責任の取りようのない事態だということは十分承知し覚悟しておりました」

むしろ逆に相手をなだめて諭すように判事はいった。

「しかし私が咎めるべきなのはあの子の死に様かもしれない。あれは許されるべきことではないと私は思っております。あの男は倒れて死ぬまで堪えて、もう少し強く構えて生き通すべきだった思います。それがある責を背負うた男として取るべき道だと私は思います」

「いやそれは……」

言い返そうとする高木を塞ぐように、

「要は勇気といおうか、学者としての自負の問題の筈でしょうよ」

「しかし……」

言いかける相手を手で遮るように、

「いいですか、これで貴方には怯んだり妙な責任を感じたりしてはいただきたくないのですよ。あなたは何度であろうとあの子の頭を切り刻んでもよろしかったのです。私が厄介な裁判で、場合によっては私自身の勇気に問うて判決を下す時のようにね。この世にはいかにしても救われようのない人間はいるものなんです」

「しかし私たちは死ぬのがわかりきっている相手でも救う手立てを講じなくてはならんのですから、たとえ徒労とわかりきっていても。あなたのお仕事には相手の更生を期待しての酌量もあるでしょうが、私たちの場合にはそれが最初から封じられていることもあるのです」

口ごもりながら訴えた高木を、

「それはいかにもつらいことだろうが、それこそが天職ということではありませんか。とにかく私は貴方には心から感謝しているということだけはわかっていただきたい」

いった後、大石は微笑して頷き、高木を見送るように退出口へ促してくれた。

葬儀場の玄関を出た後、二歩三歩歩みだしたあたりで高木はふと立ち止まり今出てきた建物を振り返りながら、たった今あの大石判事と交わした会話を反芻するように思い返し、首を傾げ頷き直して歩きだした。

「なんだろうと私たちにはこれしかありはしない。ああするしかありはしないのだからな」

思わず独りごちながら彼は天を仰いだ。

# 後書き

三年半ほど前に軽い脳梗塞を起こし奇跡的に早めに気付いて一月ほど入院したことがある。所は首都圏随一の救急病院の都立広尾病院だったが、院長以下多くのスタッフの手厚い看護のお陰でなんとか立ち直ることが出来た。

その間ＩＣＵに閉じこめられながら、わがままな患者の私は夜ベッドを抜け出し苦痛で悲鳴を上げる患者を覗きに出かけて看護師に見つかり叱られたり、交通事故で運び込まれた重傷患者の際どい手術の結果に興味を抱きその結果を聞き届けたり、人間の命を手の内に預かる医師たちの目まぐるしい活躍に心を打たれたものだった。

そして入院中に耳にしたある二つの患者の症例に興味を引かれ、それを『いつ死なせますか』という題名で短編小説に仕立てて発表したものだが、その後思い直しその挿話も含めての総合小説としてこの作品をものした。

日本の救急医療体制は世界の中でも格段に進んでいると思われるが、同時にそれに関わる医師たちの苦労とその心情は並大抵のものではない。この一書が彼等の苦労の少しでももの支えになればとは思っているが。

〈著者紹介〉
石原慎太郎　1932年神戸市生まれ。一橋大学卒業。55年、大学在学中に執筆した「太陽の季節」により第1回文學界新人賞、翌年芥川賞を受賞。『亀裂』『完全な遊戯』『化石の森』（芸術選奨文部大臣賞受賞）、『光より速きわれら』『刃鋼』『生還』（平林たい子文学賞受賞）、ミリオンセラーとなった『弟』、2016年のベストセラーランキングで総合第1位に輝いた『天才』、また『法華経を生きる』『聖餐』『老いてこそ人生』『子供あっての親―息子たちと私―』『オンリー・イエスタディ』『私の好きな日本人』『エゴの力』『東京革命』『私の海』など著書多数。

本書は書き下ろしです。

救急病院
2017年2月20日　第1刷発行

著　者　石原慎太郎
発行者　見城 徹

GENTOSHA

発行所　株式会社 幻冬舎
〒151-0051　東京都渋谷区千駄ヶ谷4-9-7

電話：03(5411)6211(編集)
03(5411)6222(営業)
振替：00120-8-767643
印刷・製本所：中央精版印刷株式会社

検印廃止

万一、落丁乱丁のある場合は送料小社負担でお取替致します。小社宛にお送り下さい。本書の一部あるいは全部を無断で複写複製することは、法律で認められた場合を除き、著作権の侵害となります。定価はカバーに表示してあります。

©SHINTARO ISHIHARA, GENTOSHA 2017
Printed in Japan
ISBN978-4-344-03069-5 C0093
幻冬舎ホームページアドレス　http://www.gentosha.co.jp/

この本に関するご意見・ご感想をメールでお寄せいただく場合は、comment@gentosha.co.jpまで。